UM DIA EMBARAÇADO

Obras da autora publicadas pela Galera Record:

Série Era outra vez

A mais bela de todas
Se o sapatinho servir
Tudo ou nada
A festa dos sonhos
Um dia embaraçado

10 coisas que nós fizemos (e provavelmente não deveríamos)
Feitiços e sutiãs
Sapos e beijos
Férias e encantos
Festas e poções
Me liga

Sarah Mlynowski

Era outra vez

UM DIA
EMBARAÇADO

Tradução
Maria P. de Lima

1ª edição

Galera
RIO DE JANEIRO
2017

CIP-BRASIL. CATALOGAÇÃO NA PUBLICAÇÃO
SINDICATO NACIONAL DOS EDITORES DE LIVROS, RJ

Mlynowski, Sarah

M681u   Um dia embaraçado / Sarah Mlynowski; tradução de
Maria P. de Lima. – 1ª ed. – Rio de Janeiro: Galera Record, 2017.

Tradução de: Bad Hair Day
ISBN: 978-85-01-11009-1

1. Ficção juvenil canadense. I. Lima, Maria P. de. II. Título.

CDD: 028.5
17-41541   CDU: 087.5

Título original:
Bad Hair Day

Copyright © 2014 by Sarah Mlynowski

Todos os direitos reservados.
Proibida a reprodução, no todo ou em parte, através de quaisquer meios.
Os direitos morais do autor foram assegurados.

Texto revisado segundo o novo Acordo Ortográfico da Língua Portuguesa.

Direitos exclusivos de publicação em língua portuguesa somente para o
Brasil adquiridos pela
EDITORA RECORD LTDA.
Rua Argentina, 171 – Rio de Janeiro, RJ – 20921-380 – Tel.: (21) 2585-2000,
que se reserva a propriedade literária desta tradução.

Impresso no Brasil

ISBN 978-85-01-11009-1

Seja um leitor preferencial Record.
Cadastre-se em www.record.com.br e receba
informações sobre nossos lançamentos e nossas promoções.

EDITORA AFILIADA

Atendimento e venda direta ao leitor:
mdireto@record.com.br ou (21) 2585-2002.

Para minha editora, Aimee Friedman...
Você é uma verdadeira joia.

Capítulo um

Hoje não é um bom dia

E u me jogo na cadeira da mesa da cozinha.
— Ih, o que houve? — pergunta Jonah, meu irmão mais novo.

São cinco da tarde, e o sol quase poente entra com tudo pelas janelas, fazendo com que eu tape os olhos.

— Não quero falar sobre isso — murmuro. Quando meu pai nos buscou na escola, eu respondi o mesmo para ele. Minhas melhores amigas, Robin e Frankie, já me ligaram duas vezes desde que cheguei em casa para saber como estou me sentindo, mas não quero falar sobre isso com ninguém.

Jonah investiga o armário e pega um saco de salgadinhos.

— Tem certeza? Você parece chateada.

Estou mesmo chateada. Então talvez eu QUEIRA falar sobre isso? Engulo o nó que se formou em minha garganta.

— Não venci o concurso de soletrar da minha turma — admito finalmente.

Você deve estar pensando: Abby, por que está tão chateada por não ter ganhado o concurso de soletrar? Por acaso esperava vencer a competição?

Minha resposta: Sim! Eu esperava ganhar! Eu SEMPRE venço o concurso de soletrar.

Precedentes:

No terceiro ano, venci a competição de soletrar.

No quarto ano, venci a competição de soletrar.

Mas o que aconteceu no quinto ano? Por acaso venci o concurso?

NÃO. Não venci.

Hoje, no quinto ano, EU PERDI O CONCURSO DE SOLETRAR.

— Você ficou em segundo lugar? — pergunta Jonah, enquanto pega um vidro de catchup da geladeira, depois senta na minha frente e joga o molho no salgadinho.

— Não.

— Ficou em terceiro?

— Não — disparo.

Ele franze as sobrancelhas.

— Quarto?

Mordo minha bochecha.

— Quinto?

Explodo.

— Nono! Tá bom? Fiquei em nono lugar!

Os olhos de Jonah se arregalam. Um salgadinho cheio de catchup cai de sua mão sobre a mesa.

— Eu sei! — lamento. — Estou tão chocada quanto você!

Não consigo evitar que a cena da escola se repita em minha cabeça. Era minha vez novamente. Eu estava de pé, confiante na frente da sala, entre os últimos oito estudantes que restaram. Dei um sorriso cheio de compaixão para os que já tinham sido eliminados. E esperei que a Sra. Masserman dissesse minha palavra...

— Talvez você só não seja tão boa em soletrar — comenta Jonah, interrompendo meu flashback. Ele coloca outro salgadinho na boca.

— Eu sei soletrar muito bem, sim — afirmo com o rosto queimando.

— Talvez você fosse boa em soletrar em comparação aos alunos de sua turma *antiga* — explica Jonah. — Mas não é boa em comparação aos alunos de sua turma nova. Ou talvez as palavras simplesmente tenham ficado mais difíceis.

Concordo, balançando a cabeça duas vezes.

— Ficaram *realmente* mais difíceis.

— Com qual palavra você se atrapalhou? — pergunta ele.

Meu peito aperta.

— *Cominho.*

De repente, estou de volta à sala de aula, lembrando da sensação de ter todos os olhos da turma em mim.

— C-O-M-I-N-O — soletrei, segura. Esperei que a professora sorrisse. Ou que talvez levantasse o polegar em sinal de aprovação. Ou que talvez aplaudisse?

— Sinto muito, Abby — disse a Sra. Masserman, apertando os lábios como se tivesse provado alguma coisa amarga. Tipo vinagre. E não cominho. — Está errado.

Hum? Como?

— A ortografia correta é C-O-M-I-N-*H*-O — corrigiu ela. — Você está fora, Abby. Penny, é sua vez de novo.

Meu corpo ficou congelado. O pescoço. As costas. Os pés.

— Mas... — Minha voz falhou.

— Sim? — perguntou a Sra. Masserman.

— Posso tentar de novo? — sussurrei.

— Desculpe, Abby. Uma tentativa por aluno apenas.

Minha garganta fechou. Lágrimas chegaram a meus olhos. Eu não ia chorar na sala de aula. EU. NÃO. IA. CHORAR. NA. SALA. DE. AULA.

Eu chorei na sala de aula.

E foi horrível.

Pedi para ir até o banheiro enquanto as lágrimas escorriam por minhas bochechas.

— Chorona — murmurou Penny, conforme eu saía.

Alguns alunos riram. Robin e Frankie não, é claro. Ouvi Robin perguntar se ela podia sair da sala também, mas a Sra. Masserman não deixou.

Depois de dez minutos me lastimando no banheiro, me recompus e voltei para a sala, evitando qualquer tipo de contato visual.

Agora, sentada na cozinha com Jonah, estremeço de vergonha só de me lembrar.

Encosto a testa na mesa da cozinha e resmungo.

— Todo mundo teve que soletrar palavras tão difíceis quanto a sua? — questiona Jonah.

— Bem, Frankie teve que soletrar "algazarra", que eu totalmente sei, embora seja uma palavra difícil. Eu *sei* que sou a melhor da turma.

Jonah revira os olhos.

— Tá bom, Srta. Convencida.

Eu me encolho. Admito que isso soou um pouco pretensioso.

— Acho que o que eu quis dizer era que eu *pensava* que era a melhor da turma em soletrar...

Me perco em pensamentos. Será que não sou tão esperta quanto acho que sou? Talvez eu não seja nada esperta. Mas, se não sou esperta... sou o quê?

A Sra. Masserman me deu um certificado que diz ESTE CERTIFICADO COMPROVA QUE ABBY PARTICIPOU DO CONCURSO DE SOLETRAR. Por acaso ela achou que eu ia pendurar aquilo na parede do quarto? Quando meu quadro de avisos já tem dois certificados de concursos de soletrar, e ambos exibem a palavra CAMPEÃ? De jeito nenhum.

Sinto as lágrimas chegando de novo e pisco. Isso. Bem melhor.

— Não quero mais falar sobre esse concurso de soletrar idiota — digo para Jonah. — Me fale sobre seu dia.

Meu irmão sorri.

— Eu tive um dia ótimo.

— Ah é? O que aconteceu para ser tão bom? — Roubo uma de suas batatinhas e a ponho na boca.

— Duas coisas. Primeiro: ganhei chuteiras novas.

— Ahn?

— Papai me deu chuteiras novas para o futebol. Estão na sala de estar. E são muito maneiras.

Hummm.

— Você ganha chuteiras novas, e eu fico em nono lugar no concurso de soletrar?

Ele confirma.

— Quer trocar? — Dou um meio sorriso.

Ele mastiga mais uma batata.

— Você não joga futebol. E eu não sei soletrar "cominho" nem "algazarra". Nem sei o que algazarra quer dizer. É um lugar para pôr patos?

— Significa tumulto, confusão — explico. — Qual foi a segunda coisa boa?

— Aprendi uma música nova incrível. Quer ouvir?

— Claro — respondo.

Ele pigarreia.

— *Um elefante incomoda muita gente. Dois elefantes incomodam, incomodam muito mais. Três elefantes incomodam muita gente. Quatro elefantes incomodam, incomodam, incomodam, incomodam muito maaaaais...*

— Tudo bem, chega — digo.

— *Cinco elefantes incomodam muita gente. Seis elefantes incomodam, incomodam, incomodam, incomodam...*

— Vou fazer meu dever — informo, e me levanto. — Isso não está ajudando a melhorar meu humor. — Parece que tem uma coisa pontuda apertando meu peito. Chuteiras, talvez.

Arrasto os pés escada acima até o quarto. Posso ouvir meu pai ao telefone lá embaixo, no porão. Minha mãe continua no escritório. Os dois são advogados e trabalham muito.

Mesmo quando fecho a porta do quarto, continuo ouvindo Jonah cantar.

Nosso novo cachorrinho, Príncipe, está brincando com uma bola de tênis velha no carpete. Ele pula quando me vê e encosta o nariz marrom-escuro em meu pé. Depois esfrega a bochecha macia contra meu outro pé e me olha com aqueles olhos grandes cor de chocolate.

— Oi, gracinha — digo, me abaixando e coçando atrás das orelhas moles. — Você ainda me ama mesmo eu não sabendo soletrar, não é?

Em vez de responder, ele lambe meu rosto. Ou talvez seja essa sua maneira de responder.

Sim, Príncipe ainda me ama. E eu o amo. Ele é fofo, saltitante e muito, muito inteligente. Tenho quase certeza de que na semana passada ele dobrou meu suéter e o guardou na gaveta.

OK, provavelmente foi minha mãe. Mas ainda assim. Ele está com a gente há apenas algumas semanas e já sabe "senta", "fica", "vem", e sabe que deve esperar estar do lado de fora da casa para ir ao banheiro. Treinei ele sozinha. Tá bom, foi minha mãe quem fez isso também, mas eu com certeza ajudei.

Príncipe nos seguiu quando deixamos o último conto de fadas que visitamos. Eu e Jonah não tínhamos a intenção de trazê-lo conosco, mas ele é da família agora. Nossos pais disseram que podíamos ficar com ele se os donos não aparecessem. O antigo dono vive em um reino do outro lado de nosso espelho mágico.

Eu já disse que temos um espelho mágico no porão? Bem, nós temos. Se batermos nele à meia-noite, ele nos leva a vários contos de fadas. Até agora visitamos as histórias de *Branca de Neve, Cinderela, A Pequena Sereia* e *A Bela Adormecida*. Atravessamos o espelho, mudamos as histórias e voltamos para casa. É claro que não temos a *intenção* de mudar as histórias. Bem, geralmente não. Mas todas acabam mudando.

Você deve estar pensando que inventei tudo isso. Mas não inventei. Estou sendo totalmente sincera!

Corro até a caixinha de joias que minha avó me deu há alguns anos. Na caixinha tem todas as personagens famosas dos contos de fadas. A maior parte estava numa posição normal e esperada. Tipo, a Pequena Sereia e sua cauda. A Branca de Neve com a maçã. Mas agora todas as histórias pelas quais passamos têm novas imagens para acompanhar os novos finais. Os novos finais *felizes.*

Enfio o rosto na colcha da cama. Pelo menos, *elas* estão felizes.

Ouço Jonah subir as escadas e ir para o quarto. Ele *ainda* está cantando:

— ... *elefantes incomodam, incomodam, incomodam, incomodam...*

Eu me escoro em um cotovelo e grito:

— Jonah! Chega! Você oficialmente incomodou! Agora pare!

Silêncio. Dois segundos depois, a porta de meu quarto se abre.

Príncipe late, feliz.

— Não sabe bater? — murmuro, o rosto enfiado na colcha novamente.

— Tá bom, rabugenta, sei exatamente o que vai animar você — comenta ele.

— Seria você parando de cantar essa música chata?

— Não! A gente devia entrar no espelho hoje à noite — sussurra Jonah.

Eu me viro e encaro o teto.

— Não estou com vontade — resmungo.

— É exatamente por isso que a gente deve ir. Você está triste. A terra dos contos de fadas vai desfazer sua tristeza. Lá é divertido.

— Às vezes, é divertido; em outras, a gente se mete em todo tipo de confusão — argumento. — Tipo quase se afogar ou ser transformado em camundongo. E, de todo modo, não quero me divertir. Quero ficar sentada no quarto, me sentindo imprestável. Não vou.

Jonah tapa os ouvidos com os dedos.

— Não posso ouvir você. Não consigo ouvir! Venho te buscar quando der meia-noite!

— Não, Jonah... — começo a falar, mas ele já saiu do quarto.

Capítulo dois

Shhhhhhhhh

— Vem, Abby, vamos lá!
Eu abro os olhos. Meu irmão está em pé, parado, olhando para mim. Dou um gemido e vejo que faltam cinco minutos para meia-noite.
— Jonah, não! — Fico irritada. — Eu disse que não quero atravessar o espelho hoje!
— Vamos — insiste ele. — Vai ser uma aventura!
Meu irmão adora aventuras. É o tipo de menino que faz escalada. Para se *divertir*. E não porque, digamos, alguém o está perseguindo numa montanha. Na verdade, ele tem aulas de escalada todo fim de semana.
Eu também adoro uma aventura às vezes. Mas hoje não.
— Se quer tanto se aventurar, vá sozinho — digo.
— Mas nós sempre vamos juntos — rebate ele, fazendo beicinho.
Verdade. Nós *sempre* vamos juntos. O que é o mais sensato. Imagine o que poderia acontecer com Jonah se

eu não estivesse lá para ajudá-lo? Provavelmente já teria ido parar na barriga de um crocodilo. Ainda assim...

— Não vou — repito.

Ele coloca as mãos na cintura.

— Tudo bem. Vou sozinho.

Dou uma risada meio bufada.

— Até parece.

— Vou, sim! — Ele dá meia-volta e se apressa em direção à porta.

Dane-se. Ele não vai *realmente*.

— Até mais — diz Jonah, e fecha a porta ao sair.

Ele só está me testando.

Ponho a cabeça de volta no travesseiro e forço meus olhos a ficarem fechados.

Ele não iria sozinho *de verdade*. Iria? Meu coração dispara. E se algo de mau acontecer a ele? E se for atacado por outro crocodilo? Ou por uma bruxa? Ou por um lobo? Tudo é possível na terra dos contos de fadas!

Eu me sento na cama. Não posso deixar Jonah ir sozinho. Como irmã mais velha, é meu dever protegê-lo.

Troco rapidamente o pijama por uma calça jeans e um casaco de capuz laranja, pego meu relógio, amarro os cadarços do tênis e escancaro a porta.

Jonah está parado no corredor bem em frente a meu quarto com um sorrisão no rosto.

— Idiota.

Reviro os olhos.

— Eu devia saber. Vou voltar para a cama.

— Não vai não! — exclama Jonah. — Já está vestida.

Ele tem razão. Além do mais, atravessar o espelho *é* mesmo bem legal.

— Shhhh! Tudo bem, tudo bem, vamos lá — sussurro. Não podemos acordar nossos pais. De acordo com uma das fadas que conhecemos numa viagem, devemos guardar segredo sobre o tal espelho mágico. Mas guardar um segredo desses é mais difícil do que parece. Da última vez, quase fomos descobertos.

— Jonah — falo baixo, olhando para os pés de meu irmão. — Você está sem sapato. E coloque um casaco. Imagina se formos parar na história da Rainha da Neve? Lá faz frio!

— Ops — diz ele. — Já volto. Encontro com você no porão.

— Não acorde o cachorro! — ordeno. Príncipe dorme em uma caminha no quarto de Jonah.

Dou um suspiro ao abrir a porta do porão e descer os degraus.

Não acredito que estou mesmo fazendo isso. Paro e olho na direção do espelho. Está pregado na parede com parafusos bem grossos. Tem uma moldura de pedra, entalhada com pequenas fadas que têm asas e seguram varinhas.

Talvez Maryrose nem nos deixe entrar. Normalmente tudo que precisamos fazer é bater no espelho três vezes. Mas nem sempre dá certo. Às vezes a gente bate, bate, bate, e Maryrose não responde. Às vezes temos de estar vestindo algo especial, como roupa de banho ou pijamas com cores de bandeiras, que vão nos ajudar na história. O problema é que nunca sabemos o *que* precisamos vestir, pois nunca sabemos em qual história vamos parar antes de chegar lá.

Maryrose é a fada que vive dentro do espelho. Pelo menos achamos que ela vive lá dentro. Talvez ela só o visite quando batemos nele. Não temos muita certeza.

Ouço os passos pesados de meu irmão descendo as escadas do porão.

Ele é TÃO barulhento. Por acaso está TENTANDO acordar nossos pais e meter a gente em confusão?

Faço uma careta para o espelho. Meu reflexo faz outra de volta.

Tirando a careta, pareço a mesma de sempre. O mesmo cabelo castanho encaracolado. Os mesmos olhos grandes e verdes. As mesmas sardas. Pelo espelho, vejo Jonah correndo em minha direção. Como eu, ele está de jeans e pegou um casaco de capuz amarelo. O meu é laranja. Estamos muito coloridos. Espero que não tenhamos que nos esconder na história dessa noite. A não ser que possamos nos esconder em uma salada de frutas.

— Pronto? — pergunto. — Vamos logo, vai.

Levanto a mão para bater no espelho, feliz por ter me lembrado de colocar o relógio, porque ele mostra sempre que horas são em casa, independentemente do dia ou horário no conto de fada em que estamos. É muito útil saber que horas são em casa para que Jonah e eu saibamos quanto tempo temos até nossos pais acordarem. Tentamos chegar em casa *antes* que eles acordem, ou seja, antes de sete da manhã.

Eu bato. Uma. Duas. Três vezes. O reflexo não se mexe.

— Posso voltar para a cama agora? — pergunto, cruzando os braços.

— Deixa eu tentar — responde Jonah. Ele bate uma vez. Firme. Forte.

Sssssilvo.

— Está funcionando! — grita meu irmão.

Oba?

Ele bate pela segunda vez. Um brilho roxo se espalha pelo cômodo.

Última batida...

O reflexo no espelho começa a girar.

— Oba! — comemora Jonah.

Sinto o puxão familiar. É como se alguém estivesse gentilmente me puxando pelo cabelo. Dou de ombros.

— Então tá. Parece que vamos mesmo.

De repente, eu ouço:

— *Au, au, au, au!*

Giro e vejo Príncipe descendo as escadas em direção ao espelho.

— Jonah! — grito, me abaixando para tentar impedir o cachorro de pular dentro do espelho. — Você acordou Príncipe! E deixou a porta do porão aberta!

Jonah faz uma careta.

— Ops. Mas ele não pode ir também? Príncipe vai ajudar. Vai adorar ir conosco.

— Não, ele não pode ir— rebato. — E se o perdermos? A coleira ficou lá em cima.

Jonah franze o cenho.

— Ah, verdade.

— Senta, Príncipe. Senta — ordeno.

Em vez de sentar, o cachorro pula em minhas pernas.

— *Au, au, au, au!*

— Fique, Príncipe, fique! Senta, Príncipe, senta!

Príncipe não senta. E também não fica parado. Ele tenta se enroscar em mim.

— Se ficar, te dou um milhão de sementes de abóbora quando voltarmos — prometo. Príncipe adora sementes de abóbora. E manteiga de amendoim.

O puxão leve fica mais forte. Parece que estou parada em frente a um aspirador de pó ligado na máxima potência. Meus tênis rangem contra o piso enquanto o espelho me puxa em sua direção.

— Volte lá para cima, Príncipe. Por favor? Pare de latir! — digo. Mas os latidos ficam ainda mais altos. — Shhh! Príncipe! Precisa ficar quieto! Vai acordar a mamãe e o papai! — Por que ele não está obedecendo? Juro que ele costumava me obedecer.

— Vamos levá-lo — insiste Jonah. — Qual é!

— Não é uma boa ideia — retruco. — É muita irresponsabilidade! Não temos nem os saquinhos de colocar cocô!

— *Au, au, au, AU!*

Acho que não consigo mais me segurar. Meu corpo é um imã, e o espelho, uma geladeira. Tento uma última vez.

— Te dou um pote inteiro de manteiga de amendoim se voltar lá para cima. Príncipe!

Com um último latido, ele salta entre meus pés e enfia as patinhas da frente no espelho.

— Espere! — grito. Então agarro meu irmão pela mão, e seguimos Príncipe espelho adentro.

Capítulo três

Onde estamos?

A terrissamos com um baque.
   Ai.
Caio de barriga para baixo, com o queixo na lama e o pulso embaixo da cabeça. O chão é duro e coberto de grama. Faz silêncio. Vejo muitos troncos e raízes de árvores. Por que minha cabeça está numa posição mais baixa que meu pé? Estou numa ladeira? Sim, parece que é isso. Na verdade, acho que estou numa colina. Tento me levantar, mas como meu corpo está contra a gravidade, isso se torna difícil.

Os pés de Jonah estão bem a meu lado. Ele está deitado de costas.

— Então, está mais animada? — pergunta ele.

— Não — respondo. — Meu queixo está doendo. Me ajuda aqui?

Príncipe encosta o nariz em meu ouvido e depois o lambe.

— Oi — cumprimento.

Príncipe balança o rabo.

— Você tinha que latir tão alto antes de sairmos? — pergunto a ele. Se mamãe e papai acordassem e encontrassem a casa vazia no meio da noite, ficaríamos MUITO encrencados. Como se as coisas pudessem piorar.

Jonah dá um jeito de se levantar e depois me ajuda. Meio desequilibrada, fico de pé, mas me sinto um pouco tonta.

Limpo a sujeira de meu jeans e reparo em todas as árvores em volta. Agora que estou na posição vertical, posso ver folhas verdes e alguns fragmentos de céu azul. O cheiro é de pinho. Estamos em uma colina na floresta.

— Onde acha que estamos? — questiona Jonah, olhando ao redor.

Boa pergunta.

— Qual conto de fadas se passa em uma floresta? — penso em voz alta.

Os olhos de meu irmão ficam arregalados.

— Aquele com o lobo!

— *Chapeuzinho Vermelho*?

— Sim! — Ele sorri, feliz. — Seria muito divertido!

Fico arrepiada.

— Dar de cara com um lobo que pode tentar nos devorar não parece NADA divertido para mim.

Meu irmão ama as partes assustadoras dos contos de fadas. São as únicas das quais se lembra. Como lobos que devoram criancinhas e irmãs postiças que cortam os dedos dos pés. Sim, isso aconteceu mesmo na versão original de *Cinderela*. Ai.

Conhecemos muitos dos contos originais porque nossa avó sempre lia para a gente quando vivíamos perto dela. Vovó é professora de literatura em uma universidade de Chicago. E também reli muitas das histórias desde que caí no espelho pela primeira vez, é claro.

Mas talvez Jonah tenha razão. Talvez estejamos *mesmo* na *Chapeuzinho Vermelho*.

— Chapeuzinho Vermelho? — chamo. — Você está aqui? Vai visitar a casa de sua avó?

Ouço um barulho vindo de minha esquerda.

Príncipe se vira naquela direção e late.

— Ouviu isso? — pergunto a Jonah, segurando-o pelo braço.

— Não, eu... — Ele começa a responder, mas calo sua boca com a mão para ouvir com atenção.

O barulho não é de um lobo. É de uma música! Isso! Alguém está cantando!

A folha caindo da árvore
Linda, mas tão sozinha...

— Agora ouvi também! — grita Jonah. — Parece uma música. Chapeuzinho Vermelho está cantando!

— Talvez não seja Chapeuzinho Vermelho — observo. Tento me mover na direção da voz. Vem de baixo. Seria alguém no pé do morro? Ou alguém embaixo da terra? Tem algum conto de fadas com pessoas que vivem embaixo da terra?

Ando ao redor da árvore e consigo avistar um prédio ao longe.

Uma torre. Na parte mais baixa do morro.

Uma torre de pedra bege, com uma janela aberta no alto.

Jonah também a vê.

— Talvez tenhamos voltado para a história da Bela Adormecida? — sugere ele.

— Não é a mesma torre — comento. — A cor é diferente. E não tem palácio nenhum por perto. E estamos numa colina.

Olho em volta novamente. Estamos mais ou menos no meio do nada. Penso melhor. No meio do nada... torre... canção...

Longe de tudo e sozinha no mundo
Meu lindo cabelo é meu único amigo.

...cabelo!

— É Rapunzel! — grito. — É isso! Rapunzel canta! É assim que o príncipe a ouve!

Príncipe, o cachorro, late.

Eu me abaixo e coço sua cabeça.

— Não é você, Príncipe. É outro príncipe.

— Rapunzel? É aquela do cabelo comprido, né? — pergunta Jonah.

— Sim. É aquela do cabelo bem comprido *mesmo*.

— Nós vimos esse filme?

— Vimos, mas a história original é *bem* diferente daquela do filme — explico, me endireitando. — Originalmente, Rapunzel não é uma princesa que vive em segredo. É uma menina comum que acaba se casando com um príncipe...

— *Au, au!*

— Queria ter trazido biscoitos de cachorro conosco — diz Jonah, então se abaixa para coçar o queixo de Príncipe.

— Nós não sabíamos que ele vinha, né? — lembro a ele.

— Talvez Rapunzel tenha manteiga de amendoim.

Isso ajudaria. Assim como uma coleira.

Olho na direção da torre e, num lampejo, vejo uma cabeleira escura na janela.

— Acabei de vê-la! — exclamo, sentindo uma explosão de animação. Pelo menos acho que é ela. Por algum motivo, achei que Rapunzel fosse loura. Talvez eu tenha imaginado isso ou esteja me lembrando do filme.

— Maneiro! — declara Jonah, ficando na ponta dos pés para tentar ver também.

— Então, de volta à história — digo, cutucando-o. — Havia um casal legal e normal que esperava um bebê. Mas eles eram vizinhos de uma bruxa. O nome dela era Frau Gothel...

— Seu primeiro nome era Frô?

— Não. Frau. Frau quer dizer senhora em alemão. Foram os irmãos Grimm que escreverem a história.

— Eles escreveram todas as histórias.

— Muitas delas — concordo. — De todo modo, Frô, quer dizer, Frau Gothel tinha um jardim com todo tipo de ervas e plantas. E a grávida estava com desejo de rapúncio, uma planta cujas folhas são usadas como tempero.

— Mamãe tinha desejos quando estava grávida de mim? — pergunta Jonah.

— Provavelmente — respondo com um risada. — Eu não ficaria surpresa se ela tivesse comido uma tonelada de catchup na época.

Os olhos de Jonah se acendem.

— Ei! Essa foi a primeira vez que você riu desde que voltamos da escola. Eu disse que atravessar o espelho era uma boa ideia!

Paro de sorrir.

— Ainda estou chateada por causa do concurso de soletrar.

— Continue a história, vai — pede Jonah com um sorriso divertido.

Meu irmão não está errado: atravessar o espelho certamente está sendo uma boa distração. Mas isso não significa que eu superei o dia ruim que tive na escola. Tentando me esquecer daquilo, continuo:

— A futura mamãe realmente queria rapúncio. Na verdade, ela disse que *morreria* se não o conseguisse. Então seu marido entrou no jardim da bruxa e roubou um pouco. Só que... — Finjo tocar um tambor no ar. — A bruxa o pegou no flagra!

— Ah, não!

— Ah, sim. Frau Gothel disse que só deixaria o pai do neném pegar o rapúncio *se* ele desse o bebê para ela após o nascimento.

Os olhos de Jonah saltam.

— Para sempre?

— Sim.

— Espero que o pai tenha dito que não daria de jeito nenhum.

— Ele não disse isso. Ele concordou. Estava apavorado achando que a esposa poderia mesmo morrer sem a erva. Talvez estivesse esperando que a bruxa fosse esquecer da promessa quando o bebê nascesse.

— Ela esqueceu?

— Não. Frau Gothel levou o bebê e deu a ela o nome de Rapunzel em homenagem à planta. Quando Rapunzel completou 12 anos, a bruxa a levou para uma torre e a trancou lá dentro. Não havia porta nem escada, apenas uma única janela.

Jonah olha para a torre lá longe.

— Não parece haver um caminho para se chegar lá em cima. Talvez tenham escalado.

— Duvido. Mas a bruxa ia visitar Rapunzel todos os dias. E dizia, "Rapunzel, Rapunzel, jogue suas tranças". Então Rapunzel jogava o cabelo pela janela, e a bruxa escalava por ele.

Meu irmão balança a cabeça.

— Mas por que ela deixava a bruxa subir?

— Talvez precisasse de comida. Ou talvez se sentisse sozinha. Talvez achasse que Frau Gothel era mesmo sua mãe.

Jonah enruga o nariz.

— Que tipo de mãe mantém a filha presa em uma torre?

— Uma mãe muito má. Enfim. Um dia, um príncipe...

— *Au, au!*

— ... estava passando pela torre e ouviu a cantoria. — Paro de contar a história por um instante para ouvir se Rapunzel ainda cantava. Ela ainda canta. Além disso, acho que ouço uma harmonia. E um tambor? Será que ela toca instrumentos também?

— De todo modo — continuo —, ele achou que a menina tinha uma voz muito bonita, então voltou à torre várias vezes até o dia em que ouviu a bruxa dizendo para a garota que jogasse suas tranças. E viu a bruxa escalando pelos cabelos. Naquela mesma noite, ele voltou e disse o mesmo que a bruxa havia dito. E, quando Rapunzel jogou as tranças, o príncipe...

— *Au, au!*

Olho para baixo na direção de Príncipe e percebo que ele me olha ansioso. Ah!

— Todas as vezes que dizemos a palavra "príncipe", ele acha que o estamos chamando. Vou ter que inventar um nome novo para contar essa história sem ficar com dor de cabeça. Vamos chamar o príncipe de...

— *Au, au!*

— Picles! — grita Jonah, feliz.

Meu irmão é tão esquisito.

— Por quê?

Ele pula.

— Por que não? Eu gosto de picles! Você não gosta?

— Tudo bem, tudo bem. Então, quando Rapunzel jogou as tranças, Picles escalou e eles se apaixonaram. Ele passou a subir a torre todas as noites em segredo para vê-la. Só que um dia, sem querer, Rapunzel disse à bruxa que ela era mais pesada que Picles, aí a bruxa descobriu tudo. Ela ficou tão zangada que cortou o cabelo de Rapunzel e a baniu da torre. Rapunzel não tinha para onde ir, e ficou vagando pela floresta. Naquela noite, quando Picles apareceu na torre, Frau Gothel estendeu a trança de Rapunzel pela janela e fingiu ser a menina. Quando Picles subiu, ela disse que ele nunca mais veria Rapunzel de novo. Ele se jogou da janela e caiu sobre espinhos... E os espinhos o deixaram *cego*! Então ele vagou pela floresta por anos até que finalmente ouviu uma voz familiar cantando, e percebeu que era Rapunzel. Quando o encontrou, Rapunzel chorou e as lágrimas caíram nos olhos do rapaz, trazendo de volta sua visão.

Jonah está de queixo caído.

— Ela tinha lágrimas mágicas! Como assim?

— Talvez por causa do rapúncio que a mãe havia comido? Não sei. De todo modo, Rapunzel e Picles viveram...

— Felizes para sempre — conclui meu irmão, assentindo. — O que aconteceu com a bruxa?

Dou de ombros.

— Não faço ideia.

Ele chega mais perto.

— E o que aconteceu com os pais de Rapunzel?

Dou de ombros de novo.

— Também não sei.

Jonah e eu olhamos na direção da torre. Rapunzel continua cantando lá dentro.

— O que fazemos agora? — pergunta ele.

— A gente provavelmente deveria ir para casa — digo com um suspiro. — Rapunzel vive feliz para sempre. Não precisamos nos meter em nada.

Os olhos de meu irmão se arregalam.

— Você já quer ir embora? Não quer nem conhecer Rapunzel?

Meu coração dá um salto. É claro que *quero* conhecê-la. Quem não ia querer conhecer Rapunzel?

— Acha que conseguimos conhecê-la sem estragar nada? — penso em voz alta. — Podemos só dar um oi e depois vamos embora? Mas ainda vamos ter que descobrir como voltar para casa...

— É claro que sim! — exclama Jonah, ignorando minha última frase. — Vamos lá! — Ele começa a correr morro abaixo em direção à torre.

Não consigo evitar. Sigo logo atrás. EU QUERO MUITO CONHECER RAPUNZEL!

Além do mais, correr colina abaixo é divertido. *Ieiiiiiii!*

Príncipe se apressa para nos acompanhar, vindo em meus calcanhares.

Estou me divertindo tanto que quase me esqueço do desastre no concurso de soletrar. *Quase.*

Quando chegamos à base da torre, já não há mais cantoria. Dou uma olhada na janela, mas não vejo o cabelo de novo. Espero que *seja* mesmo Rapunzel lá dentro. Tem que ser ela, né?

Eu e Jonah examinamos a base da torre. Há arbustos cheios de espinhos cercando tudo. Ui.

— Não parece haver uma porta aqui — comenta Jonah.

— Eu sei — respondo.

— Como você quer fazer isso? — pergunta meu irmão. — Quer apenas gritar olá e esperar que ela jogue os cabelos? Ou...

— Ou o quê? — questiono. — O que mais podemos fazer? Ela não tem telefone celular. Não é como se eu pudesse ligar para ela.

— Não, mas você pode subir — declara Jonah, com um sorriso travesso.

— Como? — pergunto. — Você tá vendo algum elevador?

— Abby! — Ele puxa meu braço. — Qual é! Não quer subir pelo cabelo dela?

Nossa.

Eu não havia percebido até ele dizer, mas, agora que disse, não acredito que não pensei nisso sozinha. Sim, *sim*, SIM! É claro que quero subir pelo cabelo dela! Eu balanço a cabeça em concordância. Dou uma risada. Então concordo de novo.

— Eu quero — sussurro. — Quero muito mesmo.

Jonah balança as mãos pelo ar.

— Diga as palavras mágicas então.

O que ele quer dizer com isso?

— Por favor?

Ele ri.

— Não! As palavras da Rapunzel!

Bato com a mão na cabeça. É claro! Então pigarreio. Será que vai funcionar? Só há um meio de descobrir.

— Rapunzel, Rapunzel — começo —, jogue suas tranças!

Eu espero. Nada acontece.

Jonah balança a cabeça.

— Acho que precisa falar um pouco mais alto que isso. Ela está muito lá em cima.

Ele tem razão. Pigarreio de novo.

— Rapunzel, Rapunzel! — chamo um pouco mais alto. — Jogue suas tranças!

Ele balança a cabeça novamente.

— Qual é, Abby, mais alto!

— RAPUNZEL, RAPUNZEL! — grito, como se estivesse brincando de "Mamãe galinha e seus pintinhos". — JOGUE SUAS TRANÇAS!

Então, antes até de eu entender o que estava acontecendo, uma trança negra e muito longa cai pela janela. No último minuto, dou um pulo para sair do caminho e não ser esmagada.

Mas isso não iria acontecer. A trança para na altura de meus joelhos. Há um laço de fita azul amarrado no fim.

Mal consigo acreditar que funcionou. Pedi a Rapunzel que jogasse suas tranças, e ela as jogou!

É uma trança bem bonita também. Está muito bem amarrada e dividida em quatro fartas partes. Eu nunca seria capaz de fazer uma trança tão perfeita, nem se passasse um dia dedicada a ela. E sou uma cabeleireira muito boa. Costumava cortar e ajeitar os cabelos de minhas bonecas direto.

— O que fazemos agora? — pergunto sem acreditar. Jonah revira os olhos.

— Ah, qual é, Abby. A gente sobe, né?!

Capítulo quatro

Para cima e para longe

Tomo fôlego, então estendo as mãos para segurar a trança.

O cabelo de Rapunzel parece seda. Como o cabelo de minha mãe depois de secar e fazer escova.

Atrás de nós, Príncipe late de novo.

— Senta, Príncipe, senta! — digo. — Espere por nós bem aqui.

Ele continua latindo e começa a correr atrás do próprio rabo.

— O que vamos fazer com ele? — pergunto. — Não podemos simplesmente deixar o cachorro aqui. E se ele fugir?

— Posso carregá-lo — sugere Jonah. — Não se preocupe. Sou muito bom nisso. Aposto que consigo subir só com uma das mãos.

Devo ficar nervosa porque meu irmão de 7 anos planeja escalar uma torre com apenas uma das mãos?

Provavelmente.

Mas tenho escolha?

Não.

Seguro firme na trança e em seguida tento me apoiar na parede. A trança balança, e eu tropeço.

— Hum, acho que isso não vai funcionar — digo a Jonah.

— Você consegue pôr os pés nos espaços da trança, como se fosse uma escada? — pergunta Jonah.

— Hum... — Eu tento. O espaço entre cada trançada é muito pequeno. As pontas dos meus pés não encaixam. Retorno ao chão. Argh! Vim até aqui e não vou nem conseguir subir pela trança de Rapunzel. Esse é o pior dia de minha vida. Devia ter ficado na cama!

— Tenho outra ideia — afirma Jonah.

— Essa ideia envolve uma escada rolante?

— Tente escalar como se estivesse subindo uma corda na aula de educação física.

Ah! Já fiz isso! Não fiz *bem*, mas fiz. Seguro a trança novamente.

— Segure na corda, quer dizer, na trança, com as mãos — orienta meu irmão com paciência — e aperte-a com os pés também.

Sigo o que ele diz. A torre tem a altura de um prédio de quatro andares. Isso vai levar um tempo.

— Bom. Agora segure mais alto na corda com as mãos.

Faço isso. Só um pouquinho mais alto, mas já é alguma coisa.

— Agora levante as pernas mais um pouco.

Obedeço.

— Isso mesmo! — grita Jonah. — Você está escalando! Eu estou! Que incrível!

— Também pode enrolar a corda na ponta do pé — informa Jonah. — Mas isso é um pouco mais difícil. É um nível avançado. Vi um aluno do sétimo ano fazendo isso. Vou tentar também.

Mais avançado? Ele tá de brincadeira?

O cabelo é tão macio que chega a ser escorregadio. Meu coração bate forte enquanto seguro a trança com ainda mais firmeza para não cair. Tenho que apertar bem, deixando os nós dos dedos brancos. Com cuidado, me impulsiono para cima, centímetro após centímetro. Meus braços doem, mas continuo subindo. Mais e mais e mais alto. É um pouco assustador, mas também meio divertido. Estou conseguindo! Estou conseguindo! O vento sopra em meus ouvidos! Ieeeeei! Estou subindo pelas tranças de Rapunzel!

Quando finalmente chego ao alto, puxo meu corpo pelo parapeito da janela sem vidro.

Uma adolescente com um largo vestido azul está sentada numa cadeira de madeira de costas para mim. O belo cabelo castanho-escuro está puxado para trás em uma trança que desce por suas costas, depois passa pela cadeira e sai pela janela.

Fico sentada no parapeito e limpo a garganta.

— Com licença? Rapunzel? Seu nome é Rapunzel, não é?

A garota se vira e pula da cadeira, com a boca aberta em choque.

— Você não é Frau Gothel! — grita ela, abraçando a trança no peito. Parece estar completamente apavorada. Como se tivesse visto um fantasma.

— Desculpe por assustar você! — digo. — Me chamo Abby.

— Não se aproxime! — Ela estende o braço esquerdo, como se tentasse se proteger. Ou talvez esteja tentando proteger o cabelo.

— Sou inofensiva! — garanto. — Não tenha medo! Só tenho 10 anos! E... ouvi você cantar — complemento, apressada. — E achei muito bonito. Só queria dizer oi!

Ela fica corada.

— Você me ouviu? Que constrangedor! Nunca teria cantado se soubesse que havia alguém ouvindo.

— Bem, sua voz é muito boa — elogio. — E adorei sua música.

Ela fica ainda mais vermelha.

— Minhas canções são bobas. Um modo de fazer o tempo passar.

— Não achei a música boba. Achei divertida. E amei seu cabelo também — declaro. — Mal consigo acreditar no quanto é forte.

Os ombros da garota relaxam.

— Frau Gothel compra os melhores xampus e condicionadores para mim, além de óleos de tratamento. Eu cuido dele muito bem. — Ela acaricia a trança amorosamente. Depois morde o lábio inferior. — Ela não ficaria feliz em vê-la aqui. Eu não devia receber visitas.

— Nós queríamos muito conhecer você — digo.

Ela olha ao redor, ansiosa, e enrola a trança no braço para que não fique mais pendurada na janela.

— Nós? Nós quem? Tem mais alguém aqui?

— Meu irmão ainda está lá embaixo — explico. — Ele tem só 7 anos. Ah! E Príncipe! Não o príncipe de verdade. Nosso cachorro, Príncipe. É um filhote. Mas é bem treinado. Quero dizer, mais ou menos. — Tusso. — Eles podem subir também?

— Não sei — responde ela, piscando sem parar. — Eu *realmente* não deveria deixar ninguém subir além da Frau.

— Vai ser rápido — prometo. — Vamos entrar e sair. Só queremos dar um oi, aí vamos embora. Vai ser como se nunca tivéssemos vindo aqui.

Rapunzel hesita.

— Bem... tudo bem. É *mesmo* legal falar com alguém sem ser Frau Gothel. — Com cuidado, ela desenrola a trança do braço e gentilmente a escorrega pela janela novamente.

Estico a cabeça para fora da janela.

— Suba, Jonah! — grito.

Imediatamente meu irmão pula na trança, segurando Príncipe embaixo de um dos braços. Diferentemente de mim, ele parece estar tentando praticar o método avançado.

Saio do parapeito para o quarto, e Rapunzel volta a se sentar na cadeira. Dou uma olhada mais atenta na menina. Ela é muito bonita. A pele é macia e escura, os olhos grandes e castanhos, além de ter os cílios mais longos que já vi. O que não é surpreendente, considerando o quão comprido é seu cabelo.

Depois dou uma olhada ao redor. Então esta é a famigerada torre. Uau!

É maior do que eu imaginava: tem uns 6 metros de largura e está pintada de branco. Há um tapete verde no chão, além de uma cama pequena, uma cômoda, uma mesa e um espelho de corpo inteiro. Em um dos cantos, vejo uma estante de livros e, no outro, uma pequena banheira vitoriana. Eu sempre quis uma banheira dessas! É tão fofa.

Ao lado da banheira, há uma prateleira com pentes, escovas e vários vidrinhos cheios de líquidos de cores diversas. Azul-claro, branco leitoso, rosa-bebê. Devem ser os xampus e condicionadores caros que Rapunzel mencionou.

Não acredito que ela mora aqui. Tenho quase certeza absoluta de que eu ficaria maluca.

Percebo que em todos os cantos do cômodo existem também instrumentos feitos à mão. Um tambor feito com uma lata. Cinco copos de vidro com água que parecem um xilofone. Um chocalho feito com uma embalagem vazia de xampu. Acho que é assim que ela se mantém ocupada. Cantando, lendo e fazendo música.

Rapunzel dá uma careta, e percebo que Jonah ainda está escalando pela trança.

— Você está bem? — pergunto. — Dói sempre assim?

— Um pouco — admite ela. — Puxa meu couro cabeludo. Mas... Ai. Dessa vez está doendo mais que o normal. Não se preocupe. Estou bem.

Talvez a técnica avançada de Jonah não tenha sido a melhor das ideias.

Alguns segundos depois, surge a cabeça de meu irmão e a de Príncipe.

— Isso foi divertido! — grita ele, pulando pelo parapeito.

— Um cachorrinho! — exclama Rapunzel, se abaixando na direção de Príncipe. — Oi, cachorrinho, olá.

Príncipe late e tenta pegar a trança de Rapunzel com a pata.

Ela ri, mas logo começa a enrolar o cabelo no braço mais uma vez, nervosamente.

— Hum, seu cachorrinho é bem fofo, mas você se importa de mantê-lo longe de minha trança? Meu cabelo é muito importante para mim e preciso ter cuidado redobrado com ele...

— Senta, Príncipe, senta! — ordeno, mas é claro que ele não me ouve.

— Desculpe, desculpe — pede Jonah, pegando Príncipe no colo para afastá-lo da trança.

— Rapunzel — começo —, esse é meu irmão, Jonah, e nosso cachorro, Príncipe. Jonah e Príncipe, esta é Rapunzel. Eu sou Abby, aliás. Já tinha dito isso?

— Olá — cumprimenta Rapunzel sem parar de enrolar a trança no braço. — Como é bom receber visitas. Gostaria que vocês pudessem ficar mais, mas Frau... — Ela congela e arregala os olhos. Então estuda a trança, girando-a e passando os dedos por ela. — Ah, não. Alguma coisa aconteceu com meu cabelo.

— Como assim? — pergunto.

Ela corre os dedos pelos fios.

— Está todo desgrenhado.

Chego mais perto e dou uma olhada. Parece mesmo um pouco frisado. Não. Mais que frisado. Está uma bagunça. Os fios estão quebradiços e esgarçados. Parece que um lobo atacou o cabelo com os dentes. É possível que o lobo de *Chapeuzinho Vermelho* tenha fugido de sua história e escalado até essa? Não pode ser. Teria sido Príncipe? Não. Ele não obedece bem às ordens, mas não poderia ter feito aquilo. Tem que ser alguma outra coisa.

— O que aconteceu? — pergunto, assustada. — Será que fiz isso quando subi? Parece que alguém golpeou sua trança com um machado! Parece que alguém... — Minha voz falha.

Ah, não.

Ele não fez isso.

Não poderia.

Eu me viro para meu irmão, que está suspeitosamente quieto. Olho na direção de seus sapatos.

Ele fez, sim.

Meu irmão escalou a trança de Rapunzel com chuteiras.

Capítulo cinco

Pentear não vai resolver

Um soluço alto escapa dos lábios de Rapunzel.

— O que aconteceu com meu cabelo? Era tão lindo!

Era bonito mesmo. E agora não é mais. Agora se parece com um queijo que foi ralado para ser colocado numa pizza.

— Jonah! — disparo. — Você SABE que isso é culpa sua, não sabe?

Ele fica corado.

— Minha? Por quê?

— Suas chuteiras! Você as usou enquanto escalava o cabelo de Rapunzel!

— Ele fez isso comigo? — pergunta ela, choramingando.

O rosto de Jonah está da cor de um tomate maduro.

— Si-sinto muito! — gagueja ele. — Não imaginei que...

— Não imaginou que suas chuteiras estragariam o cabelo de Rapunzel? — grito. — Mamãe nem deixa você usá-las dentro de casa!

— Porque ela não quer que eu estrague o sapato! Não por causa do chão. — Ele joga os pés para cima, mostrando as solas. — As travas nem são de metal, são de plástico!

— Bom, o plástico puxou os fios — explico.

Rapunzel parece tentar piscar desesperadamente para evitar as lágrimas.

— Meu cabelo era a única coisa que eu tinha de especial — murmura ela.

— Eu sinto muito mesmo — balbucia Jonah. — Foi um acidente.

— Vamos tentar escová-lo — sugiro, lançando a meu irmão um olhar de reprovação. — Jonah, pegue uma escova na prateleira perto da banheira. Vamos tirar o laço da ponta e ver o que temos.

Com os dedos trêmulos, Rapunzel procura o fim da trança com delicadeza. Ela desfaz o laço, e vários tufos de cabelos caem no chão.

Ela arqueja. Nós todos arquejamos.

— Não acredito nisso. Estou... tão... tão... brava com você — solta ela, por fim.

— Comigo? — pergunto, me sentindo magoada. — Não foi minha culpa!

— Você me pediu para deixar seu irmão subir — diz ela entre lágrimas, com dificuldade.

— Eu sei, mas... — Argh. Preciso resolver isso! Rapunzel parece ser fofa e um pouco tímida. E lá estava ela presa na torre, e eu estraguei a única coisa que claramente faz com que ela se sinta bem. Pego a escova da mão de Jonah.

— Deixe-me ver o que posso fazer. Vire-se.

Ela morde o lábio.

— Tudo bem. Mas, por favor, não piore a situação.

— Não vou! Será melhor se nos livrarmos das partes quebradas — digo, esperançosa. — Você tem uma tesoura?

Rapunzel pende a cabeça para um lado.

— Tenho tesoura de cortar unha. O que vai fazer com a tesoura?

— Vou dar uma aparada — explico. Mal posso acreditar no quanto seu cabelo é comprido. — Você *nunca* cortou o cabelo?

— Não. Amo meu cabelo do jeito que é. — Ela suspira. — Do jeito que *era*. Além disso, Frau Gothel disse que, se eu cortasse, ia doer.

— Isso é mentira — informo. — Não dói nada. Ela não quer que você corte o cabelo porque precisa dele para subir a torre.

Com os ombros tensos, Rapunzel pega uma tesourinha da mesa.

— Então vá em frente. Corte.

Concordo com a cabeça. Eu me agacho até o chão e levo a tesoura com cuidado até uma parte frisada próxima aos pés de Rapunzel.

— Pronta?

Ela se encolhe, mas assente.

Eu passo a tesoura. O pedaço de cabelo quebrado cai como uma cascata no chão.

— Não doeu nada — comenta Rapunzel, surpresa, arregalando os olhos. — Não acredito que ela mentiu para mim. Não acredito que acreditei. Ela disse que só corta o próprio cabelo uma vez ao ano por causa da dor.

Corto mais um pedaço do frisado. E mais um. Já parece bem melhor. Mais um pedaço. E outro. Jonah está em silêncio, claramente ainda se sentindo culpado, enquanto Príncipe fareja o cômodo desconhecido.

— Tem certeza de que sabe o que está fazendo? — pergunta Rapunzel, tentando olhar para trás.

— É claro — afirmo, tranquilizando-a. — Não é tão difícil assim. — Afinal, já fui ao cabeleireiro um milhão de vezes, né? Pelo menos uma vez a cada seis meses. E também pratiquei em muitas bonecas!

Um montinho de cabelo está se acumulando no carpete.

Corto, corto, corto.

Que divertido!

Príncipe também acha. Ele mergulha o nariz no monte e brinca como se fosse um saco de confetes.

Corto, corto, corto.

Veja só! Levo jeito para isso. Talvez eu deva ser cabeleireira quando crescer. Não. O que quero mesmo é ser juíza. Bem, primeiro serei advogada e depois juíza, porque essa é a regra. Mas serei uma juíza excelente. Sou muito boa em decidir o que é justo. Também sou ótima em dizer às pessoas o que elas devem fazer.

Talvez eu possa ser cabeleireira nas horas vagas? Ou pode ser um hobby?

Corto mais um pouco e depois a viro para mim. Olho bem nos olhos de Rapunzel.

— Sabe o que ficaria lindo em você?

— O quê? — pergunta ela.

— Uma franja!

— O que é isso?

— Você vai ver! — digo alegremente. Corto, corto, corto!

Sei fazer isso. Sei mesmo! Vou só ajeitar as pontinhas um pouco. Estou mandando muito bem. E daí se não me saí bem no campeonato de soletrar? Isso não quer dizer que eu não seja boa em *outras* coisas. Tipo cortar cabelo. Sou MUITO boa em cortar cabelo. Quem liga se não soletro bem? Eu não ligo. E daí que não consegui soletrar *cominho*? Nem gosto de cominho. Nunca mais vou comer nada com isso. Nunca mesmo.

— Abby — diz Jonah, interrompendo meus pensamentos. — Acho que devia parar. Já cortou *muito*.

Ahn? Cortei?

— E também acho que Príncipe está mastigando cabelo — completa ele.

— Quanto é muito? — pergunta Rapunzel, nervosa.

Dou um passo para trás. O corte ainda me parece torto.

— Acho que preciso só ajustar mais um pouquinho — comento.

Corto. Corto...

Rapunzel levanta as mãos para me impedir de continuar.

— Espere. Preciso ver antes de você continuar. Jonah, pode me dar aquele espelho?

— Claro — diz ele, pegando o espelho da prateleira.

— Ainda não terminei — aviso, quando meu irmão entrega o espelho para Rapunzel.

Quando ela vê o reflexo, seu rosto se desfaz.

Eita. Engulo. Com dificuldade.

O rosto de Rapunzel é invadido por um tom vivo de vermelho.

— O. QUE. FOI. QUE. VOCÊ. FEZ?

Seu cabelo está na altura do ombro. Na verdade, o lado direito está na altura do ombro. O esquerdo está no queixo. A parte de trás parece uma escada, que conecta os lados irregulares. E a franja...

A franja não foi uma boa ideia.

Meu coração afunda no peito.

— Ainda não terminei! Me deixe terminar!

— Você não tem permissão para tocar meu cabelo novamente! — grita Rapunzel, protegendo-se com as mãos.

— Não está tão ruim assim — minto.

Jonah ri e parece horrorizado ao mesmo tempo.

— Está bem ruim, *sim*. Está mesmo!

Cutuco meu irmão no ombro.

— Bem, está melhor que antes! Foi você quem subiu pelo cabelo dela usando chuteiras! — Mas agora começo a duvidar de minha habilidade como cabeleireira. Então além de soletrar mal também sou uma péssima cabeleireira?

Sou boa em alguma coisa?

Príncipe cospe um chumaço de cabelo.

— As chuteiras foram um acidente — dispara Jonah.

Príncipe enfia mais um monte de cabelo na boca.

48

— Ainda assim, foi sua culpa! — acuso ele. — Príncipe, sente e pare de comer o cabelo de Rapunzel!

A expressão do cachorro fica triste. Mas ele senta. *Finalmente*. Sabia que tinha sido treinado.

Rapunzel joga o espelho na cama e cobre o rosto com as mãos.

— Está horrível. Está arruinado. E era tudo que eu tinha.

Sei que seu novo corte de cabelo não está muito bom, mas ela não está sendo meio dramática demais?

— É cabelo — resmungo. — Vai crescer de novo. Você continua linda.

Jonah me dá um tapinha no ombro.

— Abby?

— O quê? — pergunto.

O lábio inferior dele se retorce.

— Tenho uma pergunta.

— Não é hora de perguntas, Jonah!

Ele faz um gesto para os montes de cabelo espalhados pelo chão.

— Agora que o cabelo da Rapunzel está curto, como Picles vai subir aqui para vê-la?

Ah, não. Ah, não. Não, não, não. Não tenho uma resposta para essa pergunta. Minha cabeça começa a latejar. Esfrego os dedos nas têmporas.

— Você deveria ter mencionado isso antes de começarmos com a tesourinha, Jonah!

Rapunzel levanta a cabeça.

— Quem é Picles?

Eu me recosto na parede procurando apoio.

— Ele quer dizer o príncipe. O príncipe que a ouve cantar e se apaixona por você. E você se apaixona por ele também.

Eu me preparo para o latido, mas parece que Príncipe está muito ocupado enchendo a boca de cabelo para notar qualquer coisa.

Rapunzel enruga a sobrancelha.

— Isso nunca aconteceu. E eu nunca cantaria na frente de um príncipe. Eu nunca cantaria na frente de ninguém. Minhas músicas não são boas.

— São boas, sim! E você não sabia que ele estava ouvindo. Mas ele vinha aqui todas as noites para vê-la. Bem, isso era o que deveria acontecer. Até meu irmão estragar tudo.

— Foi você que enlouqueceu com a tesoura — resmunga Jonah.

Rapunzel suspira triste e profundamente.

— Então vocês dois estragaram meu futuro e meu cabelo?

Eu concordo com pesar.

— Mas como sabem o futuro? — pergunta ela, olhando desconfiada em nossa direção.

— De onde viemos, sua história é famosa — explica Jonah. — Você e o príncipe...

— *Au, au!*

—... vivem felizes para sempre — continua meu irmão, enquanto acaricia o cachorro. — Bem, no fim das contas. Antes disso ele fica cego e tal.

Rapunzel parece confusa, então balança a cabeça.

— Mesmo que ele fosse se apaixonar por mim, agora não vai mais. Olhem para mim. — Ela aponta para o cabelo. — Estou horrenda. Ninguém amaria alguém com um cabelo tão feio.

— Isso é loucura — digo. — Para começar, o corte não está *tão* ruim assim.

— Está, sim — murmura Jonah.

Lanço um olhar mortal para ele.

— E, em segundo lugar, o príncipe...

— *Au, au!*

— Picles não a ama só por causa de seu cabelo. Ele a ama por quem você é.

Rapunzel enruga o nariz.

— O que eu tenho de especial?

— Ainda não a conheço bem — comento. — Mas parece ser doce. E é criativa. Escreve as próprias canções. E faz os próprios instrumentos musicais.

— Aposto que é divertido passar tempo com você — completa Jonah.

— Não tenho ideia se sou divertida — explica Rapunzel com os olhos cheios de lágrimas novamente. — A única pessoa com quem falo é Frau Gothel, e ela não fica muito tempo aqui comigo. Nunca passei tanto tempo com outras pessoas como agora!

— Agora? — pergunto, gesticulando para mim e para Jonah.

Ela concorda com a cabeça.

Realmente precisamos pensar num modo de o príncipe conhecê-la. Do contrário, ela ficará solitária para sempre.

51

Ou não.

De repente, percebo que o príncipe não é nosso único problema.

Problema número um: a trança de Rapunzel já era. O príncipe não tem como subir. Nem como entrar aqui.

Problema número dois: a trança de Rapunzel já era. Nós não podemos descer.

Nós não temos como sair daqui.

Capítulo seis

Sem trança para jogar

— Como vamos sair daqui? — pergunto, olhando nervosamente ao redor. Já estou começando a me sentir claustrofóbica. Estou em fase de crescimento, preciso de espaço! Não posso viver numa torre. Me deixem sair! Me deixem sair!

Príncipe começa a latir. É evidente que ele consegue sentir minha dor. É um cachorro muito sensível. Ou talvez só precise ir lá fora por *outros* motivos.

Aff.

— O que vamos fazer? — pergunta Jonah.

Olho para todo aquele cabelo no chão.

— Talvez possamos tecer uma corda?

— Com tufos de cabelo? — questiona Rapunzel. — Acho que não vai dar.

— Rapunzel! — Ouvimos a voz de uma mulher lá fora. — Rapunzel, jogue suas tranças!

As orelhas de Príncipe se levantam.

Eu congelo. Ah, não.

Jonah se esgueira para olhar.

— É uma velha num cavalo — reporta ele, confirmando o que eu temia. — Deve ser Frô!

— Frau — corrijo. — Frau Gothel. A bruxa. — Meu coração começa a acelerar.

Rapunzel concorda com a cabeça, parecendo apavorada.

— Sim, ela deve ter vindo em seu cavalo, Manjericão.

— E se ela usar sua magia e lançar um feitiço em todos nós? — pergunto em pânico.

Príncipe late de novo.

— Shhhh! — implora Rapunzel. — Faça ele ficar quieto. Não podemos deixar que ela ouça o cachorro! Vai transformá-lo num sapo!

— Calminha, Príncipe, calminha — sussurra Jonah. — Ela deu o nome de Manjericão ao cavalo? É o pior nome que já ouvi para um cavalo.

— Ela deve gostar muito de temperos — comento.

— Ela vai ficar *muito* zangada por eu ter cortado o cabelo — murmura Rapunzel, puxando alguns cachos. — Frau Gothel disse que eu nem deveria tentar fazer isso. E também vai ficar furiosa porque deixei vocês dois, quero dizer, vocês *três* subirem aqui. Ela disse que eu nunca deveria deixar ninguém subir. O que eu faço?

— Vamos lá, Rapunzel, jogue suas tranças! — ruge Frau Gothel.

Diminuo o tom de voz e me abaixo para sair de vista.

— Não diga a ela que estamos aqui. Mas precisa dizer que cortou o cabelo. Não tem outra saída.

Rapunzel inclina a cabeça pela janela.

— Olá, Frau Gothel.

— Por que está demorando tanto? — irrita-se a bruxa. — Jogue logo essas tranças! Está quente sob o sol!

— Eu tenho um probleminha. Eu... hummm... as cortei? — diz ela num tom de questionamento.

— VOCÊ O QUÊ? — grita Frau Gothel. — Por que faria algo tão idiota?

Rapunzel gira o que sobrou do cabelo entre os dedos e se vira para nós.

— Não sei — sussurra ela, e os olhos se arregalam de medo. — Que resposta devo dar?

— Porque... porque... — Eu também não sei!

— Porque grudou chiclete! — exclama Jonah. — Isso já aconteceu a uma menina de minha turma. Isaac cuspiu por acidente um pedaço de chiclete, que foi parar no cabelo da...

— O que é chiclete? — pergunta Rapunzel, piscando.

— Não existe chiclete nesse reino? — indaga Jonah, parecendo preocupado. — Tipo, de comer?

— Não.

— E manteiga de amendoim? — Quer saber Jonah. — Príncipe adora manteiga de amendoim. Também gosta de sementes de abóbora. Ele deve estar faminto.

Príncipe está rolando pelo tapete, que é sua forma de pedir para coçarmos sua barriga.

Eu coço, e ele grunhe, feliz.

— RAPUNZEL! — grita Frau Gothel. — Me diga por que cortou o cabelo!

Rapunzel põe a cabeça para fora da janela de novo.

— Eu estava com calor!

— Boa resposta — sussurro. — Eu super acreditaria nisso. Está muito abafado aqui em cima.

— Quando eu subir, você será punida! — avisa Frau Gothel. — Eu vou... eu vou... eu vou te encolher para o tamanho de uma unha! Vai se arrepender de ter feito isso, Rapunzel! Meus bichos de estimação não podem me desobedecer!

Bichos?

Rapunzel se afasta da janela, tremendo.

— Não quero ficar do tamanho de uma unha — sussurra ela.

— Talvez seja uma unha comprida? — sugere Jonah. — Bruxas têm unhas bem longas, não têm?

Eu pego Príncipe e o aninho em meu colo.

— Tem algum outro jeito de Frau Gothel subir? — pergunto a Rapunzel. — Tipo uma vassoura? — Eu gostaria de poder ver o rosto da bruxa e sua reação a tudo isso, mas estou parada o mais longe possível da janela.

— Me desculpe, Frau Gothel — pede Rapunzel. — Por favor, me perdoe!

Prendo a respiração enquanto aguardo a resposta da bruxa. Será que ela pode voar? Será que vai mesmo nos encolher? Ou nos transformar em rãs? Ou em sapos?

Qual a diferença entre uma rã e um sapo, exatamente?

Esperamos. Mas nada acontece.

— Tudo bem — anuncia a bruxa finalmente. — Voltarei. Vou buscar uma escada. Vamos lá, Manjericão. — Ouvimos o cavalo relinchar e trotar para longe.

Rapunzel olha pela janela.

— Ela está indo embora. Está indo. Foi — narra ela, então se vira para nós. — E agora? Quando ela subir, vai encontrar vocês todos aqui!

Jonah põe as mãos na cintura.

— Não acredito que ela vai ter que pegar uma escada.

— Por quê? — questiona Rapunzel, sentando na beirada de sua cama. — Como imaginou que ela ia subir?

— Achei que ela fosse uma bruxa — comenta meu irmão. — Esperava que voasse.

Não posso deixar de concordar com ele.

— Uma escada realmente não é uma coisa muito bruxesca.

— Acredite — reforça Rapunzel. — Ela é uma bruxa.

Hummm. Coloco Príncipe no chão e cruzo os braços.

— Ela já jogou algum feitiço em você?

— Sim — afirma Rapunzel, assentindo. — Ela lançou um feitiço que me impede de sair da torre.

— O que acontece se você tentar sair? — pergunto. Teria que ser algo muito ruim para *me* manter ali.

— Ela disse que todos os meus dentes cairiam — explica Rapunzel, calando-se em seguida.

Estremeço.

— Que horror.

— Certamente seria mais difícil comer assim — diz Jonah. — Embora ainda fosse possível sugar coisas e engolir. Tipo manteiga de amendoim. Ou sorvete. E catchup. E sorvete de catchup.

Reviro os olhos.

— Jonah, isso não existe.

— Deveria existir. Hummm. — Ele lambe os beiços e depois se vira para Rapunzel de novo. — Você já *tentou* sair daqui?

Ela balança a cabeça.

— É claro que não. Não quero perder os dentes. Gosto dos meus dentes. E realmente não posso perdê-los agora que já perdi o cabelo.

— Você não perdeu o cabelo — resmungo. — Bem, só um pouco dele.

Jonah se agacha e coça atrás da orelha de Príncipe.

— Mas, Rapunzel, como sabe que Frô *realmente* jogou esse feitiço?

— Como assim? — pergunta ela, recostando-se na cadeira novamente. — Ela me disse que fez isso.

Onde Jonah quer chegar?

— Mas viu alguma faísca? — continua ele. — Uma lufada, fumaça ou qualquer coisa do tipo?

Rapunzel nega com a cabeça.

— Então como sabe que ela é mesmo uma bruxa? — indaga meu irmão.

— Porque ela disse que é — responde ela.

Nós duas olhamos para Jonah sem expressão.

— Mas já a viu praticando magia *de verdade*? — insiste ele.

— Está dizendo que ela não é realmente uma bruxa? — pergunto, impressionada.

Jonah assente.

— Sim. É exatamente o que eu estou dizendo.

— Mas ela se veste de preto — comenta Rapunzel. — E se chama de bruxa também.

Jonah balança a cabeça.

— Me parece que é apenas uma bruxa *faz de conta* — anuncia ele.

Ai, meu Deus. Meu irmão tem toda a razão.

— Acho que Jonah tem um bom argumento! — exclamo. Mas na história original não *tinha sido dito* que Frau Gothel era uma bruxa? Embora algumas vezes o conto de fadas que visitamos não corresponda exatamente à versão que vovó nos contava ou à versão que eu li na biblioteca da escola. E às vezes não me lembro das coisas corretamente. São tantas histórias, e elas têm tantos detalhes!

Os olhos de Rapunzel se arregalam.

— Está me dizendo que não há um feitiço lançado sobre mim? Está dizendo que posso deixar a torre quando eu quiser?

Jonah confirma com a cabeça.

— Se não existe feitiço, então sim.

— Não vou ficar aqui nem mais um segundo — declara Rapunzel, pulando da cadeira. — Vamos embora!

— Espere, espere, espere — digo. — Se você sair da torre, a história não vai continuar da maneira como deveria ser.

Jonah balança a cabeça.

— Abby, a história não vai continuar como deveria de qualquer jeito. Picles não pode mais subir pela trança!

Mas, se fugirmos, talvez Rapunzel possa conhecê-lo *fora* da torre em vez de aqui dentro.

— Isso é verdade — concordo, pensando rápido. — Já sabemos que Picles vem até a torre em algum momento. Se esperarmos lá embaixo, ele vai aparecer. Só que... — Sinto um comichão de ansiedade. — Não temos como sair daqui. Lembram-se?

Príncipe late em concordância.

— Verdade — diz Jonah, enrugando o nariz. — Isso ainda é um problema.

Hummm. Preciso pensar. Começo a andar pelo quarto.

— Se Frau é só uma bruxa faz de conta, então tem que haver outro modo de entrar na torre.

— Por quê? — indaga Jonah.

— Porque como foi que Rapunzel entrou aqui inicialmente? — comento. — Ela não poderia subir pelo próprio cabelo.

— Bem lembrado — diz ele.

— Talvez tenhamos usado a escada — completa Rapunzel.

— Você não se lembra? — pergunto.

Ela balança a cabeça.

— Não. Só sei que em uma noite, quando eu tinha 12 anos, fui dormir na casa dela, como de costume... e, quando acordei, já estava aqui. Ela deve ter me trazido enquanto eu dormia.

— Então ela pode ter usado a escada e carregado você até o alto — admito. — Mas por que alguém construiria uma torre sem porta? Não faz sentido.

— Você tem razão — afirma Jonah, e seu rosto se ilumina. — Aposto que existe uma porta secreta.

— Não sei não — pondero. — Se tivesse uma porta secreta, Frau Gothel não a teria usado agora? Por que pegaria uma escada se soubesse que havia uma porta secreta?

Jonah revira os olhos.

— Porque ela não quer que Rapunzel *saiba* sobre a porta secreta. Dã. Ela não quer que Rapunzel deixe a torre. Garanto que ela não deixa a escada aqui quando sai também. Ela a usa e depois a tira do lugar, para que Rapunzel continue encurralada.

— Interessante — comento, batendo meus dedos contra a perna.

— Vamos procurar essa porta! — grita meu irmão, olhando ao redor.

— Se eu fosse uma porta secreta, onde estaria? — penso.

— Não acham que eu teria notado uma porta secreta? — questiona Rapunzel, sentando-se novamente na cadeira.

— Não — diz Jonah. — Essa é a questão das portas secretas. Elas são secretas!

Observo o quarto inteiro. A cômoda. A mesa. A estante de livros. A banheira. Normalmente portas secretas ficam escondidas por móveis grandes, não é?

— Vamos ver atrás da estante — sugere Jonah, claramente raciocinando da mesma forma que eu.

Dou uma olhada nas prateleiras. Estão tomadas por livros, assim como por cadernos de espiral.

— O que é isso? — pergunto, apontando para os cadernos.

Rapunzel fica corada.

— Meus poemas. Quero dizer, músicas. Poemas que eu transformo em canções.

— Que incrível! — digo a ela, sendo sincera, pois nunca conheci alguém que compusesse canções. — Vamos lá, pessoal, vamos arrastar isso.

Juntos, eu, Rapunzel e Jonah seguramos diferentes lados da estante. Puxamos e empurramos.

Todos os livros caem no chão. Príncipe uiva de alegria.

— Oooops — digo.

Rapunzel dá de ombros.

— Tudo bem. Tenho tempo de sobra para arrumar as coisas aqui. Não tenho mais nada para fazer. Às vezes os derrubo só por diversão.

Coitadinha.

Olhamos atrás da estante. Nada de porta secreta.

Olhamos atrás da cômoda, da mesa e da cama.

Nada de porta secreta em nenhum lugar. Fico desanimada.

— Tem que estar em algum lugar! — reclama Jonah.

— Eu disse que teria *reparado* numa porta secreta — resmunga Rapunzel. — O que faremos agora? Estamos presos!

— Talvez possamos pular pela janela — arrisca Jonah.

— Não vamos pular pela janela — retruco com firmeza. — É muito alto. E os arbustos lá embaixo têm espinhos. É assim que Picles fica cego na história.

62

— *Au, au.*

— Eu disse Picles, e não Príncipe — digo, mexendo o dedo para o cachorro. — Por que você está latindo?

— *Au, au.*

Príncipe esfrega o nariz no meio do tapete. Depois o arranha com a pata, como se estivesse desenterrando um osso.

Ele está tentando me dizer alguma coisa?

Sinto um lampejo inspirador.

Ele está!

Fico de joelhos e analiso o tapete verde.

— Já olhou embaixo do tapete? — pergunto a ela.

Rapunzel balança a cabeça em negativa.

Jonah bate palmas alegremente.

— É ali! É ali, com certeza!

Enrolamos o velho tapete desbotado, e eis que, bem embaixo de onde Príncipe cheirava, coberto de muita poeira, há o contorno de um pequeno alçapão de madeira.

Capítulo sete

Decisões e decisões

— Bom garoto, bom garoto! — digo a Príncipe, afagando seus pelos.

— Eu sabia que havia uma porta secreta! — exclama Jonah, triunfante.

— Mas não tem alça — anuncio e mordo o lábio. — Como vamos abrir? Alguém me passa a tesoura?

Rapunzel hesita.

— Acho que você perdeu seus direitos com uma tesoura.

— Ah, qual é!

— Tudo bem — diz ela. — Mas precisa ficar a um metro de mim enquanto estiver segurando a tesoura. — Ela a entrega com o braço estendido.

Reviro os olhos. Com cuidado, enfio a tesoura pelo alçapão, dou uma mexida, e então... plop! A portinhola no chão se levanta e revela uma escada em espiral logo abaixo.

— Uau — suspira Rapunzel.

— Uau mesmo — concordo.

Jonah comemora.

— Mas teria sido mais legal se fosse um poste de bombeiro, né?

Balanço a cabeça.

— Jonah, isso não faz sentido algum. Como Frau Gothel teria *subido* por um poste de bombeiro?

— Aposto que eu conseguiria subir por um. Você acha que mamãe compraria um lá para casa? A gente podia abrir um buraco no chão da cozinha e cairíamos direto no porão.

— Não, ela não compraria — respondo. Às vezes parece que meu irmão vive no mundo da fantasia. — Vamos lá, pessoal. Rapunzel, por que não vai primeiro?

— Eu? — indaga ela, contraindo os ombros.

— Sim!

— Mas...

— Mas o quê? — pergunto, impaciente. Frau pode voltar a qualquer instante! Pela primeira vez desde que cheguei aqui, olho meu relógio. Ainda marca meia-noite. Será que isso quer dizer que o tempo não passou em Smithville desde que chegamos? Estranho. De todo modo, temos que ir andando. Estou cheia de energia, embora devesse estar cansada. O cansaço vai bater em algum momento. Só espero que seja quando não tivermos mais uma bruxa faz de conta em nosso pé.

Rapunzel fica pálida.

— Mas-mas e se Frau *for* uma bruxa? Gosto de meus dentes!

— Ela é uma bruxa faz de conta — insiste Jonah.

Eu hesito.

— Não temos *certeza absoluta...*

— Uma pessoa que é de fato uma bruxa faz alguma coisa para comprovar isso — argumenta Jonah, balançando os braços. — Lança feitiços e tal. Não volta para casa e busca uma escada. Tudo que sabemos sobre Frô é que ela é uma mentirosa sem magia que mantém Rapunzel trancada em uma torre!

— É verdade — concordo. — Além disso, se ela *for* uma bruxa, prometeu transformar você num sapo quando voltasse. Não preferiria perder os dentes a virar sapo?

Rapunzel suspira.

— É, acho que sim.

— O pai de meu amigo Isaac é dentista — conta Jonah. — Você poderia voltar para Smithville conosco e fazer uma dentadura com ele!

Ela avalia a oferta.

— Em Smithville eu teria que viver em uma torre?

— Não — diz Jonah. — Poderia morar em uma casa. Dividiria o quarto com Abby. Ela sempre quis ter um beliche.

Lanço um olhar para meu irmão.

— Ela não pode ir para Smithville conosco!

— Por que não? — questiona ele. — Nós levamos Príncipe para casa.

— Príncipe é um cachorro. Ela é Rapunzel! — Embora eu quisesse *mesmo* um beliche. — Escute, Rapunzel — digo a ela —, vamos sair daqui. Encontraremos Picles e

67

podemos pular diretamente para o fim da história. Vocês ainda vão viver felizes para sempre.

Rapunzel morde a unha do polegar.

— Mas...

— Mas o quê? — pergunto.

Rapunzel aponta para o cômodo.

— Vivi aqui por tanto tempo. Todas as minhas coisas estão aqui! Meus poemas! Meus livros! Meus instrumentos! Meus condicionadores e produtos de cabelo!

— Você vai escrever outros poemas. E pode comprar novos produtos para o cabelo.

Ouvimos uma voz do lado de fora.

— Voltei! — informa a bruxa faz de conta. Então ouvimos uma pancada contra a torre. — E você, Rapunzel, vai se arrepender por ter cortado o cabelo. Garanto — vocifera ela.

Sinto uma rajada de medo.

— Temos que ir AGORA! Jonah, vá na frente.

Ele acena e desaparece pelo buraco, seguindo para as escadas.

Pego Príncipe no colo e o aperto contra o peito. Fico com medo, achando que ele pode tentar pular, mas em vez disso ele lambe meu pescoço.

— Rapunzel, agora você — peço.

Ela vacila.

— Mas... nem conheço vocês!

— Confie em mim, vai preferir estar conosco a ficar com uma bruxa faz de conta raivosa que acabou de jurar te punir. Mesmo que ela não tenha poderes mágicos, ainda pode fazer coisas terríveis. Ela não manteve você trancada aqui por anos?!

— Isso mesmo! — exclama Jonah da escada abaixo.

— Ela pode pendurar você na torre pelos dedos dos pés. Ou pode *cortar* seus dedos, como as irmãs da Cinderela fizeram!

Que nojo.

— Obrigada por essa imagem, Jonah.

— Mas... — Os olhos de Rapunzel se enchem de lágrimas. — Perdi meu cabelo. Não quero que ninguém me veja assim!

— Não perdeu o cabelo. Ele só está curto. De todo modo, não era como se alguém a visse quando tinha cabelo. Afinal, você ficava aqui escondida. — Segurando Príncipe, me aperto para passar pela portinhola e começo a descer as escadas. — Venha comigo. Vai estar mais segura com a gente.

Realmente espero não estar errada.

Realmente espero que ela não perca os dentes.

Mas Frau Gothel vai aparecer a qualquer momento.

Rapunzel continua hesitante. Ela olha para a janela e depois para mim. Então inspira profundamente, desce alguns degraus e fecha o alçapão.

Ufa.

Giramos e giramos ao descermos a escada em caracol. Jonah acha a porta para sair e se esforça para abri-la. Há arbustos espinhosos bloqueando o caminho, então ela não abre totalmente. Apenas o suficiente para que ele se esprema e consiga sair.

Logo depois, me aperto e saio também. Olhando para cima, consigo ver Frau Gothel parada no alto da escada enquanto enfia a metade de cima do corpo pela janela aberta. Ela está de jardineira preta. E também com botas de borracha pretas. A roupa me lembra aquela que minha avó costuma usar quando está no jardim, só que a jardineira dela é jeans e suas botas são cor-de-rosa.

Aquele não é o sapato ideal para subir por uma escada, em minha opinião. Mas pelo menos são melhores que chuteiras de futebol.

Novamente me viro para Rapunzel, que ainda está no pé da escadaria no interior da torre.

— Está pronta para sair? — sussurro.

Ela lambe os dentes de um jeito protetor.

— Acho que sim. Aqui vou eu.

Ela prende a respiração e dá um passo para fora, sentindo o ar livre e a luz do sol.

— Rapunzel? — pergunto, nervosa. — Você está bem?

— *Por favor, continue tendo dentes. Por favor.*

Ela sorri e os dentes brilham.

— Ainda tenho dentes.

Jonah e eu levantamos os braços para comemorar em silêncio. Felizmente, Príncipe não late, pois está muito ocupado fazendo xixi embaixo de uma árvore.

Lá do alto, dentro da torre, Frau Gothel chama:

— Rapunzel, por que está tão bagunçado aqui? Rapunzel? Onde você está?

Sinto medo mais uma vez.

— Não acho que ficar aqui e esperar por Picles seja uma boa opção — cochicho. — Talvez possamos ir encontrá-lo no palácio?

— Boa ideia! — concorda Jonah.

Seguro meu irmão e Rapunzel pela mão.

— Corram!

Nós corremos, e Príncipe vem logo atrás.

Rapunzel arfa e bufa pelo caminho. Acho que não está muito acostumada a correr. O que é compreensível. Não é como se tivesse uma esteira de academia para se exercitar na torre.

— Aonde estamos indo? — pergunta Rapunzel, sem fôlego. — Ah, meu Deus, aqui é tão lindo! Esqueci como o chão é macio! Não saio há três anos.

O chão não me parece tão macio assim, mas acho que em comparação ao chão de pedra da torre, a terra é tão macia quanto um cobertor de plumas. Observo os arredores. É bonito mesmo. A torre fica em um pequeno vale cercado por montanhas cobertas por árvores altas e frondosas. Deve ser por isso que ninguém consegue enxergar a construção.

— Vamos voltar para o alto da montanha! — sugere Jonah, liderando o caminho.

Enquanto seguimos pela floresta, pergunto:

— Rapunzel, o palácio fica para qual lado?

— Não tenho ideia — responde ela entre uma arfada e outra.

Paro de andar, e Príncipe esbarra em meu tornozelo.

— É melhor pararmos de correr se não sabemos para onde estamos indo. Acho que já estamos longe o bastante da bruxa faz de conta.

— Então vocês também não sabem para onde estamos indo? — questiona Rapunzel, franzindo o cenho.

— Como saberíamos? Chegamos a esse reino faz só algumas horas — explico. — Que problemão.

— É — diz Jonah, dando em seguida um sorriso sarcástico. — É uma algazarra mesmo. Sabe soletrar essa, né, Abby? Estreito o olhar.

— Sim, Jonah, sei. A-U-G-A-Z-A-R-R-A.

Os lábios dele se recurvam num sorriso.

— Tem certeza de que não é A-L...G-A-Z-A-R-R-A?

Ah, não. Ele está certo! É com *L*. Fico corada.

— Como sabia?

Um sorrisão se espalha por seu rosto.

— Você errou? E eu acertei?

— JONAH, COMO VOCÊ SABIA?

Ele dá de ombros.

— Sou esperto.

— Você pesquisou essa palavra?

— Talvez. Ou talvez eu seja um gênio. Talvez eu ganhe o campeonato de soletrar na escola esse ano. Certamente já sou o campeão da família.

— Eu sou a campeã de soletrar da família! — disparo com o sangue fervendo.

— Não é mais — provoca ele.

— Se é tão esperto, por que não bola um plano para encontrarmos o castelo? — pergunto, incisiva. — Na história verdadeira, Rapunzel e o príncipe demoraram anos até se encontrarem. ANOS. Não podemos ficar perdidos na floresta por anos! Vamos morrer de fome! E precisamos voltar para casa! — Olho o relógio, que ainda marca meia-noite. É possível que o tempo esteja passando *tão* devagar assim lá em casa? Nem um minuto sequer se passou? Será que quebrei o relógio quando atravessei o espelho?

— Não se preocupe — afirma Jonah de um jeito presunçoso. — Tenho um plano genial. Quer saber qual é?

Capítulo oito

Sem carraus à vista

— Imagino que sim — respondo com um suspiro, ainda zangada por causa da provocação com *algazarra*.

Jonah aponta para uma árvore alta ao longe.

— Vamos subir em uma dessas árvores e tentar avistar o palácio. Desse modo, também podemos ficar de olho na torre e ver a bruxa faz de conta sair ou Picles chegar.

— Você sabe subir em *árvores*? — questiona Rapunzel de olhos arregalados.

Jonah assente, orgulhoso.

— Pode me mostrar como se faz?

— É claro! — diz ele. — Abby também sabe. Já fizemos isso antes. E podemos subir os três ao mesmo tempo!

Seguimos até a árvore mais alta, e meu irmão esfrega as mãos com vontade.

— Príncipe, você fica aqui — ordeno. — Fica!

Felizmente, Príncipe decide aproveitar a oportunidade para correr atrás do próprio rabo em círculos.

Eu e Jonah pulamos até alcançar um galho. Então me seguro e vou subindo mais e mais alto. Fiquei mesmo muito melhor em escalar desde que começamos a atravessar o espelho. Antes fosse uma competição de escalada em vez de uma competição de soletrar na escola.

Rapunzel não tem o pé tão firme quanto o nosso, mas logo começa a escalar também. Ela pega o jeito da coisa bem rápido. Seus olhos estão brilhando, e ela parece animada por estar aqui fora.

— Opa! — exclama Jonah, quando chego ao topo da árvore.

Ao chegar ali, fico chocada. A vista é incrível. Ao longe, vemos mais montanhas cobertas de árvores e cascatas deslumbrantes que desaguam em lagos azuis. Há também estradas de terra por todo lado. Mas o mais fascinante sobre a vista é que existe uma neblina cintilante e multicolorida pairando sobre os montes.

— Por que as montanhas estão brilhando? — penso em voz alta.

— É a luz do sol que reluz nas pedras preciosas do reino — explica Rapunzel. — Só é possível ver isso de longe.

— Pedras preciosas? — questiono.

Ela assente.

— Há muitas e muitas gerações, um viajante abastado chamado Tristan descobriu que essas terras eram cheias de pedras preciosas nas montanhas e nas rochas. Diamantes, esmeraldas, safiras, ametistas. Ele trouxe um grupo de mineradores para cá, se declarou rei e tomou todas as joias para si. Ele chamou o reino de BRILHOSO quando viu essa neblina cintilante. Frau Gothel me deu um livro sobre isso.

— Como se soletra brilhoso? — pergunta Jonah.

— B-R-I-L-H-O-S-O — responde ela.

— Você é boa nisso, Rapunzel — comenta meu irmão.

Minhas costas tensionam.

— Brilhoso é uma palavra fácil. Eu poderia soletrá-la também.

Jonah se volta novamente para Rapunzel.

— Sabe soletrar "cominho"?

— C-O-M-I-N-H-O.

— E "algazarra"?

— A-L-G-A-Z-A-R-R-A. — Ela dá de ombros. — Passo muito tempo lendo o dicionário.

Humpf. É claro que ela soletra melhor que eu; ela é mais velha.

Não quero mais falar sobre isso.

Observo a vista de novo.

— Não vejo um castelo, vocês veem?

— Não — respondem os dois.

— O que é aquela coisa azul? — pergunta Jonah, indicando com o dedo.

A coisa azul para a qual ele aponta está se movendo. Além disso, está sendo levada por um pequeno ponto marrom. Ah! É um cavalo!

— Acho que é uma carruagem! — exclamo. — Ah, vejam! Tem uma laranja também. São várias carruagens.

77

— Vamos lá. — Meu irmão começa a descer pela árvore. — Garanto que uma delas pode nos levar até o palácio.

— Jonah — começo. — Sabe que não devemos pedir carona a estranhos.

Ele franze a testa.

— Ah, verdade. O que vamos fazer, então?

— Bem — digo. — Talvez passe um carrau por aqui.

— Como na história da Cinderela? — pergunta Jonah.

— Exatamente.

Rapunzel desloca seu peso no galho.

— O que é um carrau?

— Uma carruagem pública — explico. — Tipo um ônibus.

Ela pisca.

— O que é um ônibus?

— Tipo uma carruagem que leva qualquer um que pagar.

Ela franze as sobrancelhas.

— Acho que nunca ouvi falar de nenhuma dessas coisas.

— Pelo visto você não sabe tudo — murmuro.

— Oi? — pergunta Rapunzel. — Não ouvi o que você disse.

— Nada — respondo.

— Inveja — diz Jonah. — I-N-V-E-G...

— Errado — interfiro.

Ele sorri.

— Foi quase.

Nós três descemos cuidadosamente pela árvore. Depois, com Príncipe no encalço, seguimos até a estrada onde avistei as carruagens.

A caminhada parece durar uma hora, mas meu relógio ainda marca meia-noite. Começo a me preocupar, achando que deve estar quebrado. Também estou preocupada com os pés da Rapunzel porque ela não está de sapatos. Estou preocupada com muitas coisas.

Esperamos na beira da estrada, e várias carruagens passam. Mas Rapunzel tinha razão. Não existem carraus em Brilhoso.

E isso é um problema. Como vamos chegar ao castelo se não podemos pedir uma carona a alguém?

Uma carruagem surge e para na nossa frente. A visão de um cavalo tão próximo faz Príncipe latir como um louco.

O motorista, um senhor alegre, se parece com o Papai Noel do shopping. Até barba branca ele tem.

— Olá — diz ele, com uma voz grave. — Vocês precisam de uma carona?

— Sim — responde Rapunzel.

— Não, obrigada — digo. — Mas o senhor pode nos dizer como chegar ao palácio?

— Claro. Fica a duas horas daqui, indo de carruagem naquela direção. — Ele aponta para uma estrada em zigue-zague adiante.

— Mas na bifurcação viramos à esquerda ou à direita?

— Esquerda — informa ele. — Depois à direita. Depois direita de novo, então esquerda e direita. Vocês têm certeza de que não querem uma carona?

— Sim — declaro, desanimada.

— Boa sorte! — diz ele, e vai embora.

— E agora? — pergunta Jonah. — Não podemos ir andando. Vamos nos perder com certeza. Além disso, se são duas horas de carruagem, levaríamos um dia para chegar lá a pé. No mínimo.

Olho para baixo na direção dos pés de Rapunzel. Parecem um pouco machucados. Acho que ela não vai conseguir andar por muito tempo. O que nós vamos fazer?

Pocotó! Pocotó! Pocotó!

O som dos cascos me faz olhar para cima novamente. Um cavalo desce pela estrada, puxando uma carruagem amarela. Ao lado está escrito CÁXI.

— O que é um cáxi? — questiona Jonah.

— Poderia ser um... cavalo táxi? — reflito em voz alta. Sim! Sim! Tenho certeza de que é isso! Aceno para o motorista, que é uma moça de vestido roxo.

Ela desacelera. Príncipe late e pula.

— Para onde vão? — pergunta a moça.

— Você é um cavalo táxi? — Eu quero saber.

— Não, sou uma motorista de *cáxi* — explica ela.

A motorista não se parece em nada com o Papai Noel. Nem com a Sra. Noel. O cabelo dela é vermelhão e espetado, e ela é bem magra. Usa ainda óculos pretos redondos que cobrem boa parte de seu rosto.

— Isso quer dizer que você leva as pessoas para onde elas querem ir e cobra por isso? — pergunta Jonah.

Ela confirma com a cabeça.

— Isso aí.

— Viva! — comemoro. — Um cavalo táxi!

— Um cáxi — repete ela.

— Perfeito — diz Rapunzel. — Vamos entrar.

— Para onde estão indo? — pergunta a motorista de cáxi. Ela encara Rapunzel. — O que houve com seu cabelo?

Rapunzel fica corada.

Tusso bem alto.

— Vamos para o palácio.

A mulher assente.

— Custa uma safira.

Uma safira? Eles pagam com pedras preciosas?

— Feito! — responde Jonah.

— Jonah, não tenho nenhuma *safira* comigo. Não tenho safira alguma. Você tem?

Ele balança a cabeça.

Viramos para Rapunzel.

— Você tem alguma safira? — pergunto.

Ela balança a cabeça.

Príncipe abana o rabo.

— Sem safiras, sem cáxi — declara a motorista, segurando as rédeas como se estivesse pronta para ir embora.

— Espere! — grito. — Podemos pagar com alguma outra coisa? Talvez possamos fazer uma troca?

— Tipo o quê? — pergunta ela. — Tem algum rubi? Esmeraldas? Diamantes?

— Não. — Eu me viro para os outros. — O que vocês têm que vale alguma coisa?

— Eu nem mesmo tenho sapatos — responde Rapunzel. — E, por falar em sapatos, talvez Jonah devesse dar os dele na troca. Já causaram alguns problemas. — Constrangida, ela leva a mão ao cabelo.

— Mas acabei de ganhar esses sapatos — reclama ele.

— Mas são malignos — argumenta Rapunzel. — E precisamos trocar *alguma coisa*.

Jonah suspira.

— Tudo bem. Posso trocar as chuteiras. — Ele as tira e oferece à motorista. — Que tal isso?

Ela balança a cabeça.

— Não quero sapatos com espinhos embaixo. Vão destruir meu chão.

— Exatamente — digo.

— Posso ficar com o cachorro? — pede ela. — Sempre quis um cachorro.

Príncipe choraminga e se esconde atrás de minhas pernas.

— Definitivamente, não — respondo, esfregando sua pelagem com o tornozelo.

— Espere aí. O que é isso? — pergunta a moça, apontando para meu pulso.

— Meu relógio — declaro.

— Mostra as horas? — exclama ela.

Hum, sim. Não é isso que relógios fazem? Espere. Talvez não existam relógios nos contos de fadas. Não, é claro eles têm relógios. O relógio não bateu doze badaladas na história da Cinderela? Espere. Já sei! Ela está maravilhada porque o relógio não tem ponteiros.

— É digital — explico.

— Por acaso digital quer dizer que está quebrado? — zomba ela. — Que tipo de relógio diz que são 12 horas quando já são 3h30?

Meu estômago desaba, e olho na direção de meu pulso. O relógio marca 12 horas mesmo. É impossível que *ainda* seja meia-noite em Smithville, certo? O tempo estaria mesmo passando tão devagar? Começo a me preocupar que o relógio tenha realmente parado de funcionar. O que quer dizer que em casa pode ser *qualquer horário*. Sinto uma pontada de pânico. Depois tento dizer a mim mesma que tudo vai ficar bem. Jonah e eu sempre conseguimos voltar a Smithville antes de nossos pais acordarem. Vamos conseguir dessa vez também, né?

Isso só quer dizer que precisamos ir mais rápido.

— Meu relógio faz outras coisas também! — digo rapidamente. Pelo menos, espero que faça. — Quer ver uma coisa legal? — Mexo em alguns botões. Um bip alto soa. Talvez não esteja mostrando que horas são, mas o *cronômetro* ainda funciona.

— Grande coisa — comenta a motorista de cáxi. — Meu cavalo também faz barulhos.

— É um timer! — explico, ansiosamente, enquanto Rapunzel e Jonah me observam esperançosos. — Você poderia marcar quanto tempo leva para chegar ao palácio e cobrar as pessoas com base nisso!

Ela me olha como se eu estivesse louca.

— Já disse quanto cobro: uma safira. Uma safira que pelo visto você não tem.

Isso não está dando certo. O que mais meu relógio pode fazer?

— Ah! Veja! Tem luz! — Pressiono um botão, e o mostrador do relógio se acende. — Isso não seria útil? Tarde da noite?

A motorista de cáxi se aproxima.

— Deixe-me ver.

Aperto o botão da luz de novo.

Os olhos dela se arregalam.

— Uma luz mágica! Isso seria *mesmo* muito útil. Negócio fechado. Me dê o relógio e levo vocês ao palácio.

Deixo um longo suspiro escapar, e troco olhares de alívio com Rapunzel e Jonah. Até mesmo Príncipe parece aliviado.

Negócio fechado.

Capítulo nove

Próximo

De carruagem, subimos e descemos por montanhas rochosas.

Tento dormir um pouco, mas o caminho pelas pedras provoca muito balanço, então assim que meus olhos se fecham, acabam se abrindo novamente. Rapunzel também está bem acordada, mas em silêncio enquanto olha através da janela, maravilhada. Jonah e Príncipe, no entanto, devem estar exaustos, porque os dois caíram no sono imediatamente, com Príncipe roncando no colo de meu irmão.

Enfim a motorista de cáxi começa a manobrar com cuidado para subir uma colina.

Passamos por fileiras de cavalos e carruagens que parecem estar vazias e paradas, como se estivessem estacionadas. No fim da estrada, há uma grande parede de pedra. Um belo pôr do sol vermelho e laranja reluz contra o chão cinzento de pedra. Ao longe, vejo mais névoa cintilante. Esse reino é mesmo muito bonito.

— Chegamos! — anuncia a motorista. Jonah e Príncipe acordam num susto. — Não permitem cáxis ou carruagens lá dentro. É preciso bater na porta para entrar. — Ela aponta para a parede de pedra.

— Muito obrigada! — agradeço a ela. Príncipe salta primeiro e corre diretamente para a parede. O restante de nós se estica devagar antes de descer do cáxi. — Aproveite o relógio — digo com um aperto no estômago. Espero que não tenha sido um erro dar o relógio a ela.

— Ah, vou aproveitar, sim — responde a moça, antes de dar meia-volta com o cáxi e partir.

A parede de pedra tem um pé direito que equivale a dois andares e um batente na altura dos olhos. Consigo ver o topo do palácio surgindo acima da parede. O teto reluz. É claro. Brilhante. E muito, muito colorido.

Ai, uau. Será possível?

— O palácio é feito de joias? — pergunto, deslumbrada.

— Acho que sim — diz Rapunzel.

Tem rubis. Diamantes. Esmeraldas. Todas as pedras formando belas padronagens, como um mosaico.

— *Todos* nesse reino têm pedras preciosas em abundância? — pergunto a Rapunzel.

— Eu não tenho — responde ela. — Nunca tinha visto uma joia até este momento.

Dou uma pancada no batente.

— Posso ajudar? — pergunta um homem ao abrir a porta. Ele se parece com os guardas que vi nas fotos do

Palácio de Buckingham, na Inglaterra. Só que o uniforme está coberto de glitter.

— Sim — respondo. — Pode. Estamos aqui para ver Pic... quero dizer, para ver o príncipe.

— *Au, au!*

— Podem entrar — informa o guarda, fazendo um gesto em direção ao interior.

Nós entramos. E ficamos chocados.

É realmente um PALÁCIO DE JOIAS.

Ao redor do castelo, há construções menores feitas de safiras, rubis e esmeraldas, além de passagens ainda menores de pedras, todas coloridas e brilhantes. Não consigo não ficar de boca aberta. Queria ter uma câmera. Mas para quem eu iria mostrar as fotos lá em casa?

Há uma fila de pessoas serpenteando pelos prédios até a porta de rubi do castelo. Eles carregam sacos de dormir. E cadeiras.

— As pessoas estão acampando — comenta Jonah. — É como se estivessem tentando comprar ingresso para ver alguma coisa. Talvez role um show no palácio?

— O que é um show? — pergunta Rapunzel.

— Sabe, quando as pessoas pagam para ver um cantor ao vivo? — explica ele, posicionando Príncipe embaixo do braço.

Os olhos de Rapunzel se arregalam.

— As pessoas pagam para ver alguém cantar?

Eu confirmo, balançando a cabeça.

— Muitas pessoas. Uma vez minha mãe me levou a um show e havia milhares de pessoas na plateia.

Rapunzel estremece.

— Milhares? Nunca cantei na frente de ninguém. Só de vocês. Mas foi por acidente.

Uma ideia surge em minha cabeça e sorrio, animada.

— Já sei! Você devia cantar para Picles!

Ela balança a cabeça rapidamente.

— Cantar para um príncipe? De jeito nenhum! — Ela coloca as mãos nos cabelos recém-cortados.

— Mas é assim que ele encontra você na história. Ele ouve sua voz... — começo a explicar, mas desisto. Não preciso convencê-la a cantar nesse instante. Só preciso colocá-la cara a cara com ele. — Vamos pelo menos falar com ele.

Vamos abrindo caminho em meio àquelas pessoas todas. Há famílias e casais com crianças. Todos vestindo roupas gastas e sapatos esfarrapados. Não há nenhuma joia ali. Ninguém de brincos de diamante ou com um colar de pérolas.

Andamos até um segundo guarda com roupa de glitter na porta da frente.

— Olá — digo no tom mais adulto que consigo. — Gostaríamos de ver o príncipe!

Na mesma hora, Príncipe late feliz nos braços de Jonah.

O guarda assente.

— Tudo bem.

Oba! Sabia que esse plano seria bom.

— Podemos simplesmente entrar?

Ele balança a cabeça.

— Entrem na fila.

Ahn?

— Fila?

— Sim — afirma o guarda.

— Que fila?

Ele gesticula na direção das centenas de pessoas atrás de nós.

— Aquela fila.

Rapunzel, Jonah e eu trocamos olhares perplexos.

— Está de brincadeira? — grito. — Todas essas pessoas estão aqui para ver o príncipe?

Até meu cachorrinho está impressionado; ele nem latiu ao som do próprio nome.

O guarda glitterizado assente.

— Mas por quê? — questiona Jonah.

Ele dá de ombros.

— Eles querem pedras preciosas.

Olho para o castelo.

— Do castelo? O príncipe está desmontando o palácio?

— Não — explica ele. — A família real tem mais.

— Certo — digo. — Mas nós não queremos pedras preciosas. Só queremos falar com ele para apresentar Rapunzel. — Gesticulo na direção dela, que abaixa a cabeça e fica corada. — Então, podemos vê-lo?

O guarda inclina a cabeça para o lado.

— Sim.

— Ótimo! — comemora Jonah.

O homem sorri. Ele não tem um dente da frente, que foi substituído por um diamante.

— Depois que aguardarem na fila.

Príncipe uiva. Sei como ele se sente.

Devagar, achamos o caminho até o fim da fila. Jonah põe Príncipe no chão, e ele começa a cheirar os caminhos de pedra.

Ficamos atrás de uma mulher com um bebê nos braços. A criança chora alto e um pouco histericamente.

— Você está aqui para pegar pedras? — pergunto para a mãe, cujo olhar é de exaustão.

— Sim — confirma ela. — Todos estão. A família real guarda as joias por gerações e tem sido muito mesquinha. Eles mineram o solo e guardam as joias para si.

Hummm. Isso não parece muito legal. Talvez Rapunzel não queira se misturar com essa família no fim das contas.

— Mas — continua a moça — o rei Tristan, o Quinto, fez uma mudança recentemente. Seu último desejo antes de morrer é que as pedras sejam distribuídas àqueles que mais precisam delas. Só precisamos ficar na fila e pedir ajuda. O filho dele, o príncipe...

Olho na direção de Príncipe, mas ele está ocupado demais cheirando tudo ao redor para prestar atenção no nome.

— Tristan, ouve todos os nossos pedidos. Ele fica aqui todos os dias de sete da manhã até nove da noite e tira apenas uma hora para almoçar. É muito generoso. Vou pedir a ele que nos dê algumas pedras para podermos comprar uma cadeira de balanço nova. E talvez algumas roupas novas para o bebê. Seria muito útil. A pequena Emma aqui não para de chorar. Já são sete horas, e ela está tão cansada e...

— Tadinha — murmura Rapunzel. Ela olha para mim, inspira profundamente e se aproxima do bebê. Então canta baixinho:

Olá, lua; boa noite, sol,
Feche os olhos, pequenino.
Amanhã será outro dia,
Pra brincar por horas a fio.

O bebê deixa escapar um suspiro de neném, pisca duas vezes e cai no sono rapidamente.

— Isso foi incrível! — solta a mãe, olhando para Rapunzel encantada. — Você tem uma voz adorável. E nunca ouvi essa canção de ninar antes. Onde a aprendeu?

— Eu a inventei — admite Rapunzel, tímida.

— Você se incomoda se eu usá-la? — pede a moça.

— Seria uma honra — diz Rapunzel, sorrindo. — Ninguém jamais cantou uma de minhas músicas antes.

— Quanto tempo acha que ficaremos nessa fila? — pergunta Jonah, trocando o peso de um pé para o outro e visivelmente ficando impaciente.

— Imagino que pelo menos uns cinco dias — responde a mãe. — Por isso trouxe uma barraca. — Ela aponta para a mochila a seus pés. — Vou montá-la agora que o bebê dormiu.

Porcaria. Cinco dias! Não podemos ficar aqui cinco dias. Seria muito mais tempo lá em casa. Não que eu saiba direito sem meu relógio. Ele faz falta. Ainda que estivesse quebrado.

— Onde vamos dormir? — pergunta Rapunzel. — Não temos uma barraca.

Meus ombros desabam. Estou começando a ficar cansada. É o fuso horário dos contos de fadas. Gostaria de ter dormido no cáxi.

— Não podemos ficar aqui por cinco dias. Não temos comida nem nada disso.

Jonah dá de ombros.

— Por que não vamos para a casa de Rapunzel?

— Quer dizer a torre? — pergunto, sem acreditar. — A bruxa faz de conta está lá! Além disso, fica a duas horas daqui.

— Não, estou falando da *verdadeira* casa de Rapunzel — explica ele. — Onde os pais dela vivem.

Os pais dela?

Os pais dela!

Capítulo dez

Uma cebola por dia

Os olhos de Rapunzel arregalam.
— Meus pais estão vivos?
— Sim! — digo, tentando me lembrar da história. — Pelo menos, acho que estão. Você achou que eles estivessem mortos?
— Foi o que Frau Gothel disse. — Rapunzel franze o cenho. — Que eles morreram e por isso ela teve que ficar comigo.
— Não foi exatamente assim... — Inspiro profundamente e depois conto a história toda para ela. Tento manter o tom de voz baixo para que as pessoas na fila não nos ouçam.
Rapunzel fecha os olhos. Consigo ver a dor em seu rosto.
— Não posso acreditar que meu pai me trocou por uma planta.

— Se ele não tivesse feito isso, sua mãe teria morrido — explico com gentileza.

— Ou talvez ele simplesmente não se importasse comigo — sussurra ela.

— Não pode ser — comento. — Ele provavelmente achou que não tinha outra escolha.

— Tenho certeza de que vão ficar muito felizes em ver você de novo! — declara Jonah.

— Acha mesmo que posso conhecer meus pais? — pergunta Rapunzel num tom de voz esperançoso.

Eu confirmo com a cabeça, me sentindo cheia de energia de repente.

— É claro! Ei! Talvez *esse* seja o final feliz de sua história. Esqueça esse negócio de conhecer o príncipe. Você precisa reencontrar seus pais!

Quem liga para essa fila maluca? Certamente não a gente. Partiu!

— Mas como vamos encontrá-los? — pergunta Rapunzel, antes que eu consiga sair da fila. — Eu nem sei como se chamam.

Esfrego minhas têmporas com os dedos.

— Vamos pensar.

— Sabemos que eles são vizinhos da Frô — lembra Jonah. — Estava na história. Isso não nos ajuda? Onde Frô mora?

Rapunzel balança a cabeça.

— Não me lembro. Mas sei que é um lugar com muitos quartos. Para todos os animais.

— Animais? — questiono.

94

Rapunzel assente.

— Frau Gothel tem *inúmeros* animais. E ela os chama pelos nomes das coisas que crescem em seu jardim. Alecrim é o macaco. Coentro é o carneiro. Noz-moscada é a tarântula. Sálvia, o pequeno urso. Cominho é o tamanduá...

Cominho? Sério mesmo?

— O nome do tamanduá é Cominho? Jonah pediu que você dissesse isso? — pergunto, desconfiada.

Ela balança a cabeça.

— O nome dele é Cominho mesmo.

— C-O-M-I-N-H-O. Cominho, o tamanduá. — Jonah se dobra de tanto rir. — Ei, Abby, quer tentar soletrar tamanduá?

— Não, não quero — resmungo.

— T-A-M-A-N-D-U-Á — declara Rapunzel.

Exibida.

Jonah se endireita e vira novamente para Rapunzel.

— Você morou com todos esses bichos-tempero? — pergunta ele.

Rapunzel balança a cabeça.

— Frau Gothel mantinha cada um num quarto separado.

Um arrepio percorre minha espinha, e eu me esqueço de tudo sobre soletrar.

— Então ela colecionava animais?

— Ela gostava de ter animais de estimação — explica Rapunzel.

Eu me lembro de Frau Gothel se referindo a Rapunzel como se ela fosse um bichinho quando ainda estávamos na torre. Foi tão bizarro.

— Era isso que ela pensava de você? — questiona Jonah. — Que você era um bichinho?

Rapunzel assente.

— Acho que sim. Eu era o bichinho do cabelo super-comprido.

— Você foi o bicho que fugiu — digo.

— Ela provavelmente não se importaria com isso se visse meu cabelo agora — diz Rapunzel, passando os dedos pela franja e parecendo desamparada.

— Não é só seu cabelo que faz você ser especial, Rapunzel — afirmo, sendo sincera. — Você é doce, tem uma linda voz e escreve canções de ninar incríveis. E, diferentemente de mim, é excelente em soletrar...

— Ah! — exclama ela. — É isso! Travessa Soletrando! Eu morava na Travessa Soletrando.

— Então vamos! — grita meu irmão.

— Mas, Jonah — começo —, ainda não sabemos onde fica esse lugar, nem temos como chegar lá.

A mãe diante de nós, que estivera ocupada montando sua barraca, se vira e diz:

— Posso ajudar! Por favor, me deixem ajudar. Desculpem-me por ter ouvido o que diziam, mas esta é a história mais triste que já escutei. Por favor, peguem emprestados meu cavalo e minha carruagem. Não é luxuosa, mas vai levá-los aonde precisam ir. É uma carruagem preta e branca estacionada na rua. Tem um mapa da região lá dentro, e também bananas e cebolas. Peguem o que precisarem. Posso até guardar o lugar de vocês na fila se quiserem voltar depois.

Bananas e cebolas? Entendo as bananas, mas cebolas?

— Obrigada — respondo, incerta.

Ela sorri.

— Sabe o que costumam dizer por aí: uma cebola por dia mantém o médico na baía.

Jonah me olha desconfiado.

— As pessoas dizem isso mesmo? Vou ficar com as bananas. Vocês podem ficar com as cebolas.

A mulher abraça o bebê contra o peito.

— Apenas imagino o quanto sua mãe deve estar triste, assim como seu pai, e como eles devem sentir sua falta — comenta ela com Rapunzel.

— Muito obrigada! — gritamos.

— *Au!* — late Príncipe.

— Sem problemas — diz a mãe, se despedindo. — Boa sorte!

— Posso dirigir? — pergunta Jonah, enquanto seguimos de novo para a porta de pedra. — Por favor, vai? Por favor?

— De jeito nenhum — digo.

— Por que não? — argumenta ele. — Não é como se uma de vocês tivesse carteira de motorista.

— Rapunzel é a mais velha — declaro. — Ela deve dirigir. Serei o copiloto. Sou muito boa com mapas.

— Beleza — concorda Rapunzel.

Encontramos a carruagem preta e branca rapidamente, e, como a mãe gente boa havia dito, tinha um mapa e um saco cheio de bananas e cebolas no banco da frente. Estudo o mapa. É surpreendentemente complexo e detalhado. Há estradas, colinas, vilarejos e também lagos e cachoeiras. A região onde acho que fica a torre está identificada como FLORESTA. Imagino que tenha sido por isso que ninguém nunca encontrou Rapunzel.

A Travessa Soletrando não parece ficar tão distante daqui. Chegaremos lá em uma hora, Rapunzel terá o final feliz com os pais, aí voltaremos para devolver a carruagem e então acharemos o portal que nos levará de volta para casa. Aposto que fica em algum lugar no castelo. Pelo menos havia muitas portas brilhantes e superfícies para bater por lá.

Tudo isso deve demorar no máximo três horas. Ida e volta em um dia. Parabéns para a gente!

— Vamos lá! — chamo, ocupando o lugar do carona.

Partimos para a estrada.

Ops.

Rapunzel pode cantar e soletrar muito bem, mas não é uma boa motorista.

Nem eu nem Jonah costumamos enjoar no carro, mas em dez minutos estamos os dois nauseados do balanço da carruagem. Príncipe também. Ele uiva e enfia a cabeça pela janela. Tento ignorar o mal-estar para estudar o mapa e dizer a Rapunzel que caminho deve seguir, mas não está nada fácil.

E ainda piora quando escurece. Assim que o sol se põe completamente, mal consigo ver o mapa.

— Não consigo enxergar a estrada — diz Rapunzel.

— Essa carruagem podia ter uns faróis — comenta Jonah. — E as ruas podiam ter postes de luz.

— Seria ótimo ter a luz de meu relógio agora — resmungo. Acho que minha troca pode ter sido meio precipitada.

— E o que faremos então? — pergunta Jonah.

Rapunzel aponta para o acostamento.

— Talvez tenhamos que parar e passar a noite aqui.

Sou invadida por uma onda de preocupação. Lá se vai meu plano de três horas.

Depois de encostar, jantamos as bananas e as cebolas. Bem, Jonah e eu comemos bananas e cebolas, já Rapunzel e Príncipe comem só bananas.

Jonah tenta dar um pedaço de cebola para o cachorro, mas eu empurro sua mão.

— Cebolas são perigosas para cães — explico. Óbvio. Pesquisei sobre comidas apropriadas para cachorro depois que ganhamos Príncipe. É meu dever de dona de um animal de estimação.

Hummm. Dona de um animal de estimação. Não sei se gosto de estar na mesma categoria de Frau Gothel.

— Você não quer cebola? — pergunto a Rapunzel.

Ela balança a cabeça.

— Não quero estar com um hálito ruim ao reencontrar meus pais. Já tenho meu cabelo para me preocupar.

Eu me encolho. Certo. Aquele cabelo horrível. Aquela juba completamente bagunçada. Estou meio que esperando que ela deixe logo para lá essa história.

Eu e Jonah estamos muito famintos para nos preocuparmos com mau hálito. Depois do jantar, tentamos nos aconchegar nos bancos da carruagem. A princípio, o cavalo discorda de nosso plano de descansar e fica andando de um lado para o outro. Por fim, ele para, e a carruagem também.

— Devo cantar uma canção? — sugere Rapunzel.

— Sim, por favor — respondo com Jonah.

Puxo um cobertor de bebê para cobrir minhas pernas e coloco outro igual sobre meu irmão. Depois abraço Príncipe. Rapunzel pigarreia, e eu fecho os olhos.

Olá, lua; boa noite, sol.
Feche os olhos, pequenino...

Não fico acordada para ouvir o resto.

Capítulo onze

Isso não é um bufê

Na manhã seguinte, acordo e encontro Príncipe deitado sobre minha barriga e Jonah com o pé enfiado em meu nariz.

Que nojo. Pelo menos ele teve o bom senso de tirar as chuteiras para dormir. IMAGINE.

Eu me sento, tirando Príncipe de cima de mim. Ele solta um ronco, e Jonah acorda, assustado. Eu pisco, então olho a luz brilhante da manhã lá fora.

— Dormiu bem? — pergunto a Rapunzel, que está no banco da frente, examinando as pontas dos cabelos com uma expressão triste.

Ela balança a cabeça.

— Não dormi.

— Por quê?

— Não sei — diz ela. — Não estou acostumada a dormir fora da torre. Ou sem um travesseiro.

— Isso não me atrapalhou — comenta Jonah.

Rapunzel boceja.

— Preciso comer alguma coisa.

Jonah se espreguiça, esticando os braços sobre a cabeça.

— Banana? Cebola?

Ela suspira.

— De novo?

— É tudo que temos — declaro.

— Frau pode ter me mantido presa na torre, mas pelo menos era uma boa cozinheira. A comida era sempre muito saborosa. E ela fazia sopas de ervas deliciosas.

Meu estômago ronca. Eu adoraria um pouco de sopa. Na verdade, qualquer coisa que não fosse banana ou cebola. Mas acabo comendo uma de cada, e Jonah faz o mesmo. Precisamos de energia para o dia. Então Rapunzel retoma a direção. Leva cerca de meia hora para chegarmos à Travessa Soletrando.

— Como vamos descobrir qual é a casa dos pais de Rapunzel? — pergunta Jonah, quando viramos na rua.

— E como vamos fazer para Frau Gothel não ver a gente? — questiona Rapunzel.

Ah, é. Esqueci que Frau Gothel mora aqui também. Ainda que não seja uma bruxa de verdade, continua sendo assustadora.

Mas, assim que entramos na estrada de terra, percebo que não deveríamos ter nos preocupado sobre localizar as choupanas. Existem apenas duas casas na Travessa Soletrando. Uma é uma grande choupana com um jardim enorme rodeado por uma cerca azul. E a outra é uma choupana menor, que fica um pouco acima da colina.

— Aquela da colina deve ser a casa de seus pais — digo a Rapunzel. — Porque de lá eles podem ver o jardim. E foi assim que sua mãe viu o rapúncio.

— Sim, a maior é onde Frau Gothel vive — confirma Rapunzel, assentindo com a cabeça. — Agora me lembro. Foi onde eu morei antes de ela me levar para a torre.

— Você morou aqui por doze anos? — pergunto.

Ela assente.

— E nunca conheceu seus pais?

Ela balança a cabeça.

Não consigo deixar de questionar por que os pais dela nunca a pegaram de volta se eles moravam tão perto. Não quero magoá-la perguntando isso. E se eles realmente *não* se importavam com ela? Não. É impossível. Não deviam saber que ela vivia ali. Ou talvez Frau simplesmente não deixasse que eles falassem com ela. Afinal de contas, um acordo foi feito.

— Estou tentando entender por que Frau Gothel transferiu você para a torre — digo em vez disso.

— Não sei. Ela me disse que eu ficaria mais confortável sem os animais por perto, pois eles estavam ficando grandes. Sálvia, o bebê urso, achava que meu cabelo era um brinquedo de mastigar.

— Acha que conseguiremos conhecer Cominho? — pergunta Jonah, e depois emenda com: — C-O-M-I-N-...

Reviro os olhos.

— Obrigada, Jonah. Já entendi.

Ele ri baixinho.

— Quero conhecer a tarântula também. Sabia que tarântulas não fazem teias de aranha? E que se perderem uma das patas, ela cresce de novo?

— Não quero conhecer uma tarântula, muito obrigada. E será que vocês podem baixar o tom de voz? Não queremos que Frau nos ouça, nem a tarântula nem *Cominho*.

— Ah, não se preocupe — assegura Rapunzel. — Sálvia dorme até meio-dia, e Frau não deixa Noz-moscada sair da casa. Mas Cominho pode estar zanzando por aí, sim.

Ótimo. O bom e velho Cominho.

— Mas, de todo modo — continua ela —, Frau não está em casa.

— Como você sabe? — indago.

Rapunzel dá uma espiada na choupana.

— Manjericão, o cavalo, não está aqui. Talvez ela ainda esteja na torre. Ou pode ser que esteja cavalgando a minha procura. Venham, vamos até o jardim. Posso sentir o cheiro de todas as ervas e frutas daqui. Costumava comê-las quando era mais nova. Hummm.

Eu hesito.

— Não acho que seja uma boa ideia...

Não foi assim que o pai da Rapunzel acabou se metendo nessa confusão?

— Pela primeira vez na vida, posso tomar minhas próprias decisões — declara Rapunzel, enquanto empina o queixo. — E farei exatamente isso. — Dizendo isso, ela salta da carruagem e pula por cima da cerca pintada de azul.

Jonah ameaça ir logo atrás.

— De jeito nenhum — informo.

— Posso tomar minhas próprias decisões também — diz ele. — Você não é minha mãe. — O estômago dele ronca alto para enfatizar.

— Jonah, quando mamãe não está por perto, eu estou no comando! Fique!

Ele ri.

— Não sou um cachorrinho. E você não está no comando. — Ele segue Rapunzel.

Estou delirando ou Jonah não está me levando tão a sério desde que perdi o concurso de soletrar?

Príncipe corre atrás deles, latindo alto.

Nem mesmo me dou ao trabalho de mandar que *ele* fique.

E, obviamente, vou também.

A grama do jardim bate em meus tornozelos. Tem mesmo um cheiro bom aqui. Tipo fruta fresca com uma pouco de pimenta e hortelã. Há plantas por toda parte e árvores carregadas de frutas.

Então vejo um animal esquisito em um canto distante do terreno. Parece um pouco com um porco, mas tem orelhas menores e um nariz bem comprido.

— Cominho! O tamanduá! — grita Jonah. Príncipe late e vai na direção do bicho, mas eu o seguro com força. Não precisamos atrair a atenção dos animais. Principalmente deste, cujo nome não sei pronunciar.

— Não se preocupe — avisa Rapunzel, mastigando uma framboesa. — Cominho é inofensivo. Não vai nos incomodar.

— Daqui a pouco vou ali dizer olá — afirma Jonah de boca cheia.

Peraí.

— JONAH! — berro. — O que é isso na sua boca? Está comendo framboesa?

— Ahn? — pergunta ele.

— Você tá mastigando alguma coisa?

Ele dá de ombros.

— Ainda estou com fome.

— Por favor, me diga que é uma banana ou uma cebola, e não algo aleatório do jardim.

Ele assente.

— Jonah, me diga a verdade!

Ele balança a cabeça.

— Não foi uma boa ideia?

— Não, não foi! — Estou tão zangada que deixo Príncipe cair de meus braços. — Pelo menos é a mesma coisa que Rapunzel está comendo? — pergunto, apontando as framboesas na mão dela.

Jonah balança a cabeça de novo, parecendo culpado.

— Cospe, cospe, cospe! — grito.

Meu irmão cospe no chão o que parece ser uma folha verde.

— Tá bom, tá bom, mas Rapunzel disse que comia coisas daqui o tempo inteiro!

— Mas ela provavelmente sabia o que era seguro e o que não era. Você sabe o que pode e o que não pode ser comido?

— Não — responde ele, sem graça.

106

— Você comeu só isso?

— Não — admite meu irmão. — Experimentei algumas coisas...

— Isso não é um bufê! — disparo.

Olho para baixo e flagro Príncipe mastigando alguma coisa também. Tento tirar o que quer que seja de sua boca, mas já era. Príncipe engole o que estava comendo e solta um latido de satisfação. Ótimo.

— Desculpa! — pede Jonah. — O gosto era bom!

— Veneno pode ter um gosto bom! — argumento.

— Como sabe? Já provou veneno?

— É claro que não, Jonah. Estou aqui, não estou? — Às vezes não consigo deixar de me perguntar como podemos ser parentes. — Me mostre tudo que comeu.

Ele aponta para três das plantas.

— Jonah, faz cinco minutos que estamos aqui. Como conseguiu comer tanta coisa?

— Eu estava só experimentando — resmunga ele.

Uma delas se parece com uma cereja, a outra lembra uma uva azul, e a terceira parece ser uma pequena folha verde.

— O que acha? — pergunto a Rapunzel.

— Não sei da cereja e da uva, mas sempre tinha esse trevo em minhas sopas. Tenho certeza de que vai ficar tudo bem — garante ela a Jonah, afagando seu ombro.

— Então nada de mau aconteceu depois que alguém comeu essas coisas? — insisto.

Ela fica pálida.

— Houve uma vez, com Pimenta, o papagaio.

— O que aconteceu com Pimenta? — pergunto com o coração acelerado. — Ele morreu? Me diga que não morreu.

— Ele não morreu. Mas ficou bem grande.

— Grande? — Engulo o nó que se formou em minha garganta.

— Sim, gigantesco. Ele comeu algo do jardim e cresceu. Ficou do meu tamanho.

— Mas, Rapunzel — resmungo —, você disse que Frau nunca tinha feito magia alguma!

— Não tinha me dado conta que era magia! Pensei que fosse só um estirão de crescimento ou algo assim... — Ela morde o lábio. — Quer dizer então que Frau é uma bruxa?

— Acho que a possibilidade é grande! — afirmo. — Talvez seus poderes venham das ervas!

Rapunzel se sobressalta.

— Mas eu fugi da torre! Meus dentes podiam ter caído! Ainda podem cair!

— Talvez — admito. — Mas ela não pode voar. Afinal, usou uma escada para subir na torre. Talvez as ervas não sejam tão poderosas. Talvez ela só possa fazer algumas coisas. Tipo fazer com que os animais cresçam.

— Eu adoraria ser do seu tamanho — comenta Jonah com Rapunzel. — Seria tão legal!

— Jonah, se um pássaro ficou do *meu* tamanho, você ficaria do tamanho de uma casa — explica ela.

— Mais legal ainda!

— Não é nada legal! — grito. — Onde você ia morar? Nenhuma de suas roupas ia servir! Você seria grande

108

demais para dormir em sua cama! E se não conseguisse passar pelo espelho ou seja o que for que vai te levar de volta para Smithville? E aí?

Ele pisca.

— Aí não ia ser tão legal.

— Não. Não seria tão legal. — Eu me viro para Rapunzel. — E o que aconteceu com o pássaro?

— Ele encolheu para o tamanho original de novo. — Ela franze a sobrancelha. — Não me lembro muito bem como.

— Bem, não coma mais nada, Jonah — aviso. — Ouviu o que eu disse? Nada mais!

— Tá bom, tá bom — concorda ele. — Mas vou levar algumas das uvas para comer no caminho.

— Podemos ir até a casa de meus pais agora? — pede Rapunzel, antes que eu possa gritar com meu irmão mais uma vez. — Gostaria de conhecê-los antes de perder os dentes.

— Foi você quem quis parar no jardim — reclamo.

Apressadas, eu e Rapunzel passamos por cima da cerca azul. Jonah me segue com Príncipe nos braços.

Silenciosamente, caminhamos morro acima até a casa dos pais de Rapunzel.

Ela levanta a mão para bater na porta com o braço tremendo.

— Como estou? — sussurra ela, puxando o cabelo de novo.

O cabelo está ainda pior que antes, depois de passar a noite na carruagem.

— Está ótima — minto, pois ela precisa ficar bem confiante.

— Acha que eles vão me reconhecer? — pergunta ela num tom agudo.

— Você provavelmente está bem diferente de como era quando nasceu — diz Jonah.

— Talvez se pareça com sua mãe quando tinha sua idade — comento. Todo mundo diz que eu me pareço com minha mãe quando ela tinha minha idade.

Rapunzel bate duas vezes na porta.

Príncipe late.

Ninguém atende.

— Hum, Abby? — chama Jonah.

— O que foi, Jonah? Estamos meio ocupadas aqui.

— Príncipe está azul.

— Quê?

— Devo bater de novo? — pergunta Rapunzel.

— Sim, é claro. Jonah, o que você disse? — pergunto, sem olhar na direção dele.

— Príncipe. Está azul.

— Como assim azul? — questiono.

Rapunzel bate de novo. Príncipe late mais uma vez. Ainda sem nenhuma resposta.

— Ele está azul, da cor azul.

Giro a cabeça para olhar para Príncipe.

Jonah tem razão.

Meu cachorro não é mais marrom. É azul. Olho para Jonah.

Meu irmão também está azul.

Capítulo doze

Toc, toc

Azul como o céu. Azul como o mar. Azul como as uvas envenenadas que Jonah roubou do jardim de Frau Gothel.

Não consigo acreditar que tanto meu irmão quanto meu cachorro estão *azuis*.

— Ops — diz Jonah, olhando na direção da pele azul das mãos. — Isso não é nada bom, né?

Só consigo concordar com a cabeça, em choque.

— Devo bater mais uma vez? — pergunta Rapunzel, nervosa.

— Sim — afirmo, fechando os olhos e fingindo que a cor azul não existe. — Bata de novo.

Ela bate novamente. Príncipe late mais uma vez.

Estou ficando com dor de cabeça.

— Quem é? — pergunta uma voz feminina finalmente.

Que bom. Pelo menos nem tudo está dando errado. Primeiro, vou reunir Rapunzel com seus pais. Aí vou me preocupar em fazer Jonah e Príncipe voltarem a suas cores originais.

— É Rapunzel — responde ela, apreensiva.

— Que Rapunzel? — Quer saber a mulher.

— Rapunzel, sua filha — declara ela.

— Não tenho uma filha — irrita-se a mulher.

Dou um passo em direção à porta, ficando nervosa.

— Seu marido se desfez dela quando ela nasceu — explico. — Ele a trocou por rapúncio. Agora ela está crescida e conseguiu fugir e está muito animada para conhecer você!

A mulher abre a porta. Consigo ver o brilho de seus olhos castanhos nas sombras. Em seguida ela leva o olhar para Príncipe, que está agachado perto de meu tornozelo.

— Não gosto de cachorros — diz a mulher. — Principalmente cachorros azuis.

— Ei! — resmunga Jonah. — Não é fácil ser azul.

— E não tenho uma filha — completa ela, firme.

— Mas eu... — Os olhos de Rapunzel se enchem de lágrimas. — Você não se lembra de mim?

— Desculpe, mas não tenho ideia do que você está falando. Deveria ir embora e levar seus amigos estranhos também. — A mulher bate a porta com força.

Rapunzel dá um passo para trás, como se tivesse levado um tapa.

Sinto como se eu tivesse levado um tapa também. Não consigo acreditar no que acabou de acontecer. A mãe de Rapunzel nem se lembra dela. Como uma mãe esquece da própria filha?

— Ela não me quer — sussurra Rapunzel, e enterra o rosto nas mãos.

— É ela quem sai perdendo — afirmo, desesperada para fazer com que ela se sinta melhor. Passo o braço por Rapunzel, me sentindo culpada. Foi ideia minha vir aqui. Agora Rapunzel foi rejeitada pela mãe, e Jonah e Príncipe estão azuis.

— Não precisamos dela — acrescento rapidamente.

— Vamos voltar para o castelo! Ainda temos nosso lugar guardado na fila. Vamos encontrar Picles. E esse pode ser seu final feliz! Quem precisa de pais? Você certamente não!

Inspiro, esperando que ela se anime.

Rapunzel consegue apenas balançar a cabeça enquanto deixa escapar um pequeno soluço.

— Certo, esqueça o príncipe. Tudo bem. Você nem o conhece direito. E suas músicas? Pode virar uma cantora famosa! Fará shows! Será incrível! — Estou soando um pouco histérica. Talvez porque eu esteja mesmo. Primeiro eu e Jonah destruímos seu cabelo, depois eu a deixo de coração partido. Definitivamente criamos uma bagunça nessa história.

Rapunzel me ignora, então se vira e corre.

— Rapunzel, espere! — grito, seguindo-a.

Jonah-Azul vem logo atrás de mim. Príncipe-Azul corre atrás de nós dois.

Rapunzel chega apressada à carruagem e pula no banco da frente, segurando as rédeas.

— Eu nunca deveria ter dado ouvidos a vocês. — Seus olhos estão vermelhos, e o nariz escorre.

— Admito que cometemos alguns erros... — começo.

— Estavam errados sobre tudo! Vou para o único lugar no qual me sinto segura!

— Onde? — pergunto. — No palácio?

— Não! Vou voltar para onde estão meus livros, meus poemas, meu travesseiro, meus instrumentos e meu condicionador! Vocês estragaram tudo! Meu cabelo e minha vida! Vou voltar para a torre!

Ela vai embora, nos deixando abandonados na beira da estrada.

Imediatamente ouvimos o som de cascos vindo da outra direção. Eu me viro devagar. Um cavalo se aproxima. Há uma mulher bem velha montada nele. Uma mulher bem velha de jardineira preta e galochas pretas de borracha.

Porcaria. Meu coração acelera. É Frau e Manjericão, e eles estão vindo bem em nossa direção.

Capítulo treze

Meu irmão, o camaleão

— Se esconde! — grito.
— Onde? — pergunta Jonah.
— Atrás de uma árvore?
— Mas aqui não tem nenhuma árvore!
Meus olhos avistam uma cerca azul.
— Ali!
Pego meu irmão azul, me escondo atrás dele e nos levo para trás da cerca.
— Fique parado. Finja que você é a cerca. Se misture a ela. Nem mesmo respire.
— Mas minha camisa é amarela!
— Tire a camisa!
Ele a tira e empurra para trás de si. Por sorte, a parte de baixo é uma calça jeans azul.
— Pegue Príncipe! — ordeno, enquanto tento me esconder atrás do corpo azul magricela de meu irmão. Jonah obedece.

— Príncipe — sussurro na orelha caída do cachorro. — Se ficar quietinho, deixo você comer um pote inteirinho de manteiga de amendoim quando voltarmos para casa. Um não. Cinco potes!

Príncipe se contorce nos braços de Jonah, mas esconde a língua cor-de-rosa dentro da boca.

Ficamos imóveis.

Frau Gothel desce do cavalo. É a primeira vez que realmente a vejo. Seu cabelo é verde opaco, da mesma cor das ervas. Ela o usa preso em um rabo de cavalo no alto da cabeça. Isso sim é que é cabelo feio.

Ela segura um saco de papel marrom cheio de... não faço ideia.

— Onde aquela menina pode estar? — murmura Frau em voz alta, parecendo zangada. — Manjericão, vamos procurar novamente em algumas horas. Preciso comer alguma coisa, alimentar os animais e decidir o que farei com esse cabelo todo.

Ah! No saco está o cabelo de Rapunzel! Mas o que ela poderia fazer com ele? Será que vai fazer uma poção com o cabelo?

Frau Gothel entra na casa. Jonah, Príncipe e eu não movemos um músculo até ouvirmos a porta se fechar. Pela primeira vez, estou grata por Jonah ter ficado azul. Se não fosse por isso, teríamos sido pegos com certeza.

Solto um suspiro de alívio apreensivo e jogo o casaco com capuz para Jonah.

— Vamos.

— Para onde? Para casa? — pergunta ele, esperançoso.

116

— Ainda não — respondo. — Temos que colocar algum juízo na cabeça de Rapunzel. Temos que voltar para a torre.

— E como vamos chegar lá? — pergunta ele. — Rapunzel levou a carruagem.

— Vamos andando. Pelo menos não ficaremos enjoados.

Então andamos. Jonah e eu nos arrastamos, e até mesmo Príncipe parece lamentar. Pessoas que passam por nós em carruagens ou a cavalo nos encaram. Óbvio. Afinal meu irmão e nosso cachorro estão azuis.

— Você parece um Smurf — digo a Jonah.

— Eu sei — Ele suspira. — Eu devia ter ouvido você. Não devia ter dito que não era minha mãe. Acho que quem manda é você mesmo enquanto estamos aqui. D-E-S-C-U-P-A?

— D-E-S-C-U-L-P-A — corrijo. — Sinto muito que você esteja azul. Mas te desculpo. Está dispensado. D-I-S-P-E-M... deixe para lá. Não faço ideia de como se soletra essa palavra. — Solto um suspiro também. — Sou ruim nisso.

— Você não é ruim, Abby. Tem que superar não ter ganhado o concurso.

Não é assim tão fácil.

— Algumas coisas são difíceis para irmãos mais novos entenderem. Vamos continuar caminhando.

Depois de um tempo, chegamos à torre. Damos uma olhada na janela, e consigo ver que Rapunzel está lá dentro, de costas para nós. E, é claro, agora não existe cabelo algum para jogar.

— Rapunzel! — chamo. — Rapunzel, desça pela porta do alçapão! Sinto muito que não tenha dado certo com seus pais! Mas não pode ficar aí. Vamos voltar para o palácio. Para encontrar Picles!

Sem resposta.

— Posso ver você pela janela! — grito.

Ela se vira rapidamente e fecha as cortinas.

Onde fica a porta secreta afinal? Só consigo ver pedra bege.

— Fique aqui — digo para Jonah e Príncipe. — Grite se vir Frau. — Não sei quanto a Príncipe, mas pelo menos sei que Jonah vai me ouvir dessa vez.

Levo uns dez minutos, mas acabo achando a porta escondida ao passar meus dedos pela torre até encontrar uma fresta nas pedras. Então percorro a unha pela fresta para puxá-la. Ganho vários arranhões nas mãos fazendo isso. Por sorte estou de manga comprida. Ai.

Finalmente empurro a porta secreta, então subo pelas escadas em espiral. A porta do alçapão está trancada com força. Eu bato.

— Rapunzel! Me deixe entrar! — peço.

— Vá embora — diz ela.

— Poxa, Rapunzel! Destranque a porta, por favor!

— Não! Nunca mais vou sair daqui. Estou segura na torre.

Suspiro. Não quero deixar Jonah e Príncipe sozinhos por muito tempo, então desço novamente e saio da torre. Meu irmão está observando suas mãos azuis enquanto o cachorrinho está correndo atrás do próprio rabo.

— Não vamos a lugar algum, Rapunzel! — chamo. — Queremos que você saia daí!

Ela abre as cortinas.

— Nunca mais vou sair! Odeio aí fora!

— Rapunzel, por favor. A bruxa provavelmente está muito zangada com você e pode fazer algo terrível. Magicamente terrível! Com as ervas. Precisa sair daí!

— O que deveríamos fazer? — murmura Jonah.

— Eu não sei — confesso. — Precisamos convencê-la a sair. O que faria *você* sair de lá?

— Ah, Rapunzel! — chama Jonah. — Se sair, pode comer batata frita e catchup!

— Não temos batata frita e catchup — lembro.

— Jura? Se tivéssemos, eu já teria comido. Você perguntou o que me faria sair da torre, e seria isso. Não acho que cebolas e bananas vão funcionar.

— Jonah, realmente precisamos tirá-la de lá antes de Frau voltar — explico, preocupada. As coisas não parecem nada boas. Não só Rapunzel não está cooperando, mas Jonah e Príncipe continuam azuis, e não tenho a *menor* ideia de que horas são em Smithville, nem de como vamos voltar...

Jonah pula.

— Já sei, já sei! Em vez de tentar convencer Rapunzel com coisas divertidas, deveríamos irritá-la até ela sair!

— Como?

Ele pigarreia.

— *Um elefante incomoda muita gente. Dois elefantes incomodam, incomodam muito mais. Três elefantes incomodam muita gente, quatro elefantes incomodam, incomodam, incomodam, incomodam muito mais. Cinco elefantes incomodam muita gente, seis elefantes incomodam, incomodam, incomodam, incomodam, incomodam, incomodam muito mais...*

Eu entro na brincadeira. Afinal o que posso fazer?

Nós cantamos e cantamos.

— *Sete elefantes incomodam muita gente, oito elefantes incomodam, incomodam, incomodam, incomodam, incomodam, incomodam, incomodam, incomodam muito mais!*

Um livro dá um rasante em minha cabeça e cai com um baque atrás de mim.

— Vocês estão me enlouquecendo! — grita Rapunzel.

— Está dando certo! — comemora Jonah, feliz. — Continue! Mais alto!

Pocotó, pocotó!

Acho que ouço alguma coisa.

Jonah continua cantando.

— *Nove elefantes incomodam muita gente, dez elefantes incomodam...*

— Jonah, shhh! Ouça!

Pocotó, pocotó, pocotó, pocotó!

— Tem alguém vindo! — diz Jonah, o rosto azul empalidecendo. — Acha que é Frô?

— Quem mais poderia ser? — respondo. — Temos que nos esconder!

Pego Príncipe, e nós três nos escondemos atrás da árvore mais próxima.

Pocotó, pocotó, pocotó!

Dou uma olhada com medo. Um cavalo se aproxima. Mas espere. Manjericão é marrom. Esse cavalo é branco. *Não* é a bruxa faz de conta.

Tem um jovem montado no cavalo. Ele usa um manto de glitter e encara a torre em choque.

Quem poderia ser?

Capítulo catorze

Picles Encantado

A h! Pulo, entusiasmada.
— É ele! É ele! O príncipe!
— *Au, au.*
— Picles! Quis dizer, Picles — corrijo. — É o que acontece na história! Picles passa a cavalo e vê Rapunzel. Ai, oba! Talvez *ele* consiga animá-la. No fim das contas, talvez o final feliz dela seja o original mesmo!
— Achei que você tivesse dito que ele ouvia Rapunzel cantar, não? — pergunta Jonah.
— É o que deveria acontecer — explico, pondo Príncipe no chão. Mas Rapunzel não está cantando. Está triste demais para cantar. Não cantarolou uma única palavra o dia todo. Por que o príncipe parou aqui então?
Saio de trás da arvore.
— Olá! — cumprimento o príncipe.

Ele usa uma coroa dourada, tem bochechas coradas e redondas, um nariz arrebitado e cabelos curtos e castanhos. Parece ter a idade de Rapunzel.

— Olá — responde Picles. — Ouvi alguém cantar. Foi você?

Uma luz se acende em minha cabeça.

— Sim, *fui* eu! E meu irmão. Estávamos cantando! E *por isso* você parou. Você *nos* ouviu!

Ele confirma com a cabeça, parecendo confuso.

— Sim. Foi o que eu disse.

— Isso é tão legal! — exclama Jonah e pula de trás da árvore.

O príncipe o encara.

— Você é azul!

— Sim — concordo. — Verdade.

Príncipe surge também.

— E seu cachorro também é azul.

— Sim — digo. — Os dois são azuis. E você é Picles.

Ele parece confuso.

— Sou o quê?

— Picles. Toda vez que dizemos Príncipe...

— *Au, au!*

— Nosso cachorro late. O nome dele é Príncipe também.

— Ah — diz Picles. — Entendi. Tudo bem. Bem, meu verdadeiro nome é príncipe Tristan. Mas podem me chamar de Picles se preferirem.

Picles desce do cavalo e se abaixa para acariciar as costas de Príncipe. E *nosso* Príncipe balança o rabo.

Picles é mais baixo que os demais príncipes que vi nos contos de fadas, mas há algo muito gentil nele.

— Estamos tão felizes por você estar aqui — comento.

— Nós precisamos...

Ele suspira e massageia as têmporas.

— Diamantes? Safiras? Rubis? Não tenho joias comigo. Desculpem-me. Apenas saí do palácio para uma cavalgada rápida durante minha hora de almoço. Se forem lá e esperarem na fila, ficarei feliz em levar seu pedido em consideração. Distribuo muitas e muitas pedras preciosas. É tudo que faço! O dia todo!

Ele está prestes a subir de volta no cavalo.

— Não vá! Só preciso que ouça uma coisa! — peço.

— Você pode me contar toda a sua história amanhã. Tenho muitas safiras para distribuir.

— Não, não, você não entendeu. Não queremos safira alguma!

Ele puxa as rédeas do cavalo.

— Temos rubis também.

— NÃO QUEREMOS PEDRAS PRECIOSAS! — grita Jonah. — SÓ PRECISAMOS QUE VOCÊ OUÇA NOSSA AMIGA CANTAR. VENHA CONOSCO! VOCÊ TEM QUE VIR! EU SOU AZUL!

Picles — quero dizer, príncipe Tristan — fica imóvel e nos encara.

— Por favor, ouça Rapunzel cantar — peço com mais calma. — Ela tem uma bela voz. E cria as próprias canções e tudo.

O príncipe reconsidera.

123

— Não precisam de rubis?

— Não — prometo.

— Tudo bem. Vou ouvir. Adoro música. Na verdade, toco flauta. Quero dizer, quando tenho tempo. A música que vocês estavam cantando era interessante. Realmente fica na cabeça.

Jonah bate palmas e solta:

— *Um elefante incomoda muita gente...*

— Jonah, não. Não queremos assustá-lo. — Eu me viro na direção da torre e chamo pela janela. — Rapunzel! Rapunzel, precisamos que você cante!

As cortinas continuam fechadas.

— Rapunzel! — chamo de novo. — Picles está aqui! Ele quer ouvir você cantar. Por favor. Sei que consegue! Você cantou para o bebê.

Silêncio.

— Cante, por favor, Rapunzel! — grita Jonah.

O príncipe também grita pela janela, como se tentasse convencê-la.

Silêncio.

— Prefere descer então? — pergunto bem alto. — Picles quer conhecer você.

— Acho melhor eu ir embora — comenta o príncipe.

— Desculpe, gente, mas parece que não vai acontecer nada aqui, e eu só tiro uma hora de folga...

Meu irmão e eu nos entreolhamos, desesperançados.

— Foi um prazer conhecê-los — diz ele. — Boa sorte!

— Espere! — chama Jonah.

O príncipe para.

— Sim?

— Hum. Como assim só tem uma hora de folga? Você não é o príncipe? Não pode deixar o palácio quando quiser?

— Fico muito ocupado ao longo do dia — explica ele. — Há tantas pessoas pobres no reino. E é minha responsabilidade ajudá-los. É a coisa certa a se fazer e é a vontade de meu pai, que está no leito de morte.

— Sinto muito por seu pai — digo. — Mas é realmente legal da parte dele querer doar todas aquelas pedras preciosas.

— Sim. E eu gosto de ajudar as pessoas. Mas... — A voz do príncipe Tristan falha.

— Mas o quê?

— Mas fico preso lá no palácio o dia inteiro. Odeio ficar preso. Gosto de cavalgar! Gosto de explorar! Sei que não deveria reclamar. Existem lugares piores que um palácio feito de pedras preciosas para se ficar preso o dia inteiro. Mas estou preso lá. Para sempre. E, depois que meu pai morrer, terei que assumir o trono, pois sou o mais velho. Inclusive já escolheram minha noiva. O nome dela é Grumpen. Ela foi preparada para ser rainha. Esse não é o nome menos sonoro que vocês já ouviram?

De rabo de olho, capto um cabelo mal cortado na janela da torre. Será que Rapunzel está ouvindo isso? Espero que sim. Talvez goste do que ouviu e desça?

— Você trouxe sua flauta? — pergunto ao príncipe Tristan quando surge uma ideia.

Ele assente.

— Gosto de praticar na floresta.

— Toque algo para nós! — sugiro. Vai saber... talvez consigamos inverter a história. Rapunzel pode ouvir a música *dele* e se apaixonar!

— Tem certeza? — pergunta ele.

Jonah e eu assentimos com entusiasmo. Príncipe late.

Picles tira a flauta da bolsa e começa a tocar.

La, la, LA, lalalalala, LA, lala...

Olha só! Ele é bom. Bom mesmo.

A música que ele está tocando é divertida e alegre. Picles a toca por alguns minutos e parece estar terminando quando uma voz melódica vinda do alto se junta à flauta de repente:

Um belo dia,
Um céu que ilumina,
O sol cheio brilha,
Voar é o que eu gostaria.

É Rapunzel! Ela está cantando com ele!

Olho para o alto e a vejo espiando pela janela, acompanhando a melodia.

O príncipe também olha para cima e sorri, ainda tocando a flauta.

Eles estão fazendo música juntos! E são muito bons. Quando terminam a canção, eu e Jonah estamos com um sorriso estampado no rosto.

— Você tem uma bela voz — elogia o príncipe Tristan, olhando para cima com os olhos meio fechados por causa do sol.

— Obrigada. Você toca flauta muito bem — responde Rapunzel timidamente.

O príncipe faz um gesto em nossa direção, mas mantém os olhos na janela da torre.

— Você é a jovem que esta menina e seu irmão azul queriam que eu conhecesse?

— Sim! — grito. — É ela. Não tem mesmo uma bela voz? Além disso, ela faz os próprios instrumentos musicais!

— Uau! — exclama Tristan, piscando. — Olá. Não consigo vê-la direito. Poderia descer? Ou eu poderia subir? Gostaria muito de conhecer a jovem que canta como um anjo, escreve as próprias canções e faz os próprios instrumentos.

Vivaaaaa! Funcionou! Rapunzel e o príncipe vão se apaixonar, e a história terá um final feliz no fim das contas! Quem é mesmo Grumpen?

— Não — diz Rapunzel abruptamente, e fecha as cortinas com força.

O quê? Por que não?

— Rapunzel, qual o problema? — pergunto. — Picles, digo, Tristan, quer subir e conhecer você.

— Ele não pode — responde ela.

— Por que não?

— Porque... porque... sou muito feia para que alguém me veja!

— Tenho certeza de que não é feia — retruca o príncipe.

— Sou, *sim* — insiste ela. — Meu cabelo é, pelo menos. Eu costumava ser a menina de longos e belos cabelos, e agora não sou... nada.

Não consigo acreditar que ela continua obcecada pelo cabelo. Em algum momento vai ter que desapegar e seguir em frente.

De repente, reconheço aquela situação com dor.

Não foi o que Jonah me disse sobre o concurso de soletrar?

Meu rosto esquenta quando algo clica em minha mente. *Ahhhhhhh.*

— Mas, Rapunzel — diz Tristan —, não me importo com sua aparência. Gosto de sua voz e de suas palavras.

— Me desculpe — diz ela. — Não sou especial o bastante para você. Nem meus próprios pais me quiseram. Eles abriram mão de mim quando eu ainda era bebê. Você não ia me querer também.

As palavras dela fazem meu coração apertar. Ela acha que ninguém pode amá-la.

— O que aconteceu com seus pais não tem nada a ver com você! — grito. — Você nem tinha nascido quando eles abriram mão de você! E você é especial, sim!

— Se seus pais não quiseram você, são uns idiotas — afirma o príncipe. — Acho que você é maravilhosa. Quem são seus pais, aliás?

— Nem mesmo sei seus nomes — responde Rapunzel de trás das cortinas fechadas. — Tudo o que sei é que vivem na Travessa Soletrando. Passei lá hoje para conhecê-los, e minha mãe disse que não tinha filha alguma. Ela negou minha existência.

O príncipe Tristan balança a cabeça.

— Espere um instantinho. Seus pais vivem na Travessa Soletrando? Ao lado de Frau Gothel? Eu os conheço!

Rapunzel solta um suspiro, surpresa.

— Como conhece meus pais?

— Eles vieram me ver! Estão procurando por você há anos. Estão percorrendo o mundo a sua procura neste exato instante. Não sei onde estão agora, mas sei que amam você e estão tentando encontrá-la.

As cortinas se abrem de repente, e Rapunzel olha para baixo em nossa direção.

— Mas... então quem são as pessoas que vivem na casa deles?

— Seus pais alugaram a casa! — explica Tristan.

Ahn?

— Há quinze anos, logo depois que fizeram o acordo com Frau Gothel, eles imploraram que ela reconsiderasse. Ela disse que devolveria você se eles lhe dessem duzentos rubis.

— Duzentos rubis? — exclamo. — É um bocado de rubis!

Enquanto falo, noto que algo leve se enrola em meu tênis. O que é isso? Ah, provavelmente são fios do cabelo de Rapunzel. Garanto que vou encontrar tufos de cabelo por todo lado nos próximos dias.

— São muitos rubis realmente — continua o príncipe, e Rapunzel se inclina na janela para ouvir com atenção.

— Eles tentaram ganhar as pedras trabalhando para os moradores do vilarejo, cozinhando e limpando. Enquanto isso, viram você crescendo, Rapunzel. Costumavam sentar no telhado para vê-la brincar no jardim ou com os animais. Três anos atrás, quando meu pai decidiu que começaria a dar as pedras preciosas a quem precisasse, seus pais foram os primeiros a me visitar. Eles já tinham economizado cem rubis e imploraram para que eu lhes desse os outros cem. O que eu fiz, é claro. Eu tinha apenas 13 anos e me senti muito mal por eles. E por você. Mas, quando seus pais levaram os rubis até a casa de Frau Gothel para fazer a troca, ela disse que você tinha fugido.

Rapunzel fica boquiaberta.

— Fugido? Eu não fugi! Frau me prendeu nesta torre!

— Mas seus pais não sabiam disso — explica o príncipe. — Frau Gothel provavelmente trouxe você para a torre quando eles foram te buscar. E eles acreditaram nela. Ficaram se sentindo superculpados, então decidiram usar as pedras preciosas para viajar e tentar encontrar você. Para trazê-la para casa.

— Meu tornozelo tá coçando — reclama Jonah, e Príncipe deixa um uivo agitado escapar.

— Shhh — digo a Jonah. — Está estragando o momento.

Com as bochechas coradas, Rapunzel olha para o príncipe.

— Então Frau Gothel mentiu para meus pais?

— Sim.

— E agora eles estão procurando por mim?

— Sim.

— Então não me odeiam?

— É claro que não! Você é a filha deles! Estão tentando encontrá-la!

Rapunzel se sobressalta. Primero acho que é de felicidade, mas em seguida ela grita:

— Cuidado! Atrás de vocês! É Noz-moscada!

— Quem? — pergunta o príncipe.

Eu me viro.

É Noz-moscada, a tarântula gigante, que tem o tamanho de uma bicicleta e parece ter um milhão de pernas muito cabeludas.

E está vindo bem em nossa direção.

Capítulo quinze

Ninguém gosta de aranhas

Ah não, ah não, ah não, ah não. Meu coração congela. Meu corpo inteiro congela.

Olho na direção dos pés. Sabe aquele emaranhado de fios em volta de meu tênis? Não é o cabelo de Rapunzel.

É uma teia de aranha.

Por isso o tornozelo de Jonah estava coçando! E por esse motivo Príncipe está latindo loucamente.

Enquanto ouvíamos a história do príncipe Tristan, a aranha gigante sorrateiramente nos amarrou em sua teia. Sem nem percebermos.

Agora nossos pés — e as patas do cachorro — estão colados ao chão. Estamos presos. Totalmente presos.

Ouço alguém gargalhando à direita. Viro e vejo Frau Gothel se aproximando de forma assustadora de nós.

— Mas tarântulas não podem tecer teias! — declara Jonah.

Mais gargalhadas.

— Ensinei a minha como fazê-lo — explica Frau Gothel. — Sou uma ótima treinadora.

É claro que *ela* é.

— Quem é essa? — pergunta Tristan, olhando desconfiado para Frau.

— A bruxa faz de conta — responde Jonah.

— Não sou faz de conta — retruca Frau Gothel. — Nem sou uma bruxa. Sou uma feiticeira. Cultivo ervas que têm propriedades mágicas. Fiz você ficar azul, não foi? — diz ela para Jonah.

— Sim. E seria ótimo se arrumasse uma erva para reverter isso — comenta meu irmão. — Se não se importar.

— Não acho que fará diferença — diz Frau Gothel. — Depois que Noz-moscada devorar vocês.

Sinto uma pontada de medo. Outra teia se enrola em minha perna. *Ahhhh!*

Engulo com dificuldade. Bato os pés, tentando fugir, mas isso só faz com que a teia se enrole mais ao redor do tornozelo.

— Abby — chama Jonah com a voz baixa e assustada. — Estou preso. Essa coisa parece chiclete esticado!

— Não foi exatamente assim que planejei passar meu horário de almoço — solta o príncipe Tristan.

Frau Gothel gargalha de novo e bate o assustador rabo de cavalo verde de um lado para o outro.

— Prendi todos vocês! Hahahahahaha! Eu sabia que Rapunzel estava sendo instruída por alguém. Não esperava que fossem vocês três, mas não importa. Como ousam tentar convencê-la, meu bichinho favorito, a fugir? E você, príncipe Tristan! Você se acha tão poderoso com seus rubis e suas esmeraldas! Como as pedras vão ajudar aqui, hein? Não vão! São inúteis contra minhas ervas. Noz-moscada vai pegar todos vocês! Ele tem comido framboesas fortificantes para sua teia ficar superpoderosa!

Noz-moscada e suas oito patas cabeludas e listradas de laranja e preto rastejam diretamente para mim. Os olhos parecem bolinhas de gude. Prendo a respiração. Meu coração está batendo a mais de cem por minuto.

— Vou descer para ajudar! — grita Rapunzel para nós.

— Ah, não, não vai não! — interfere Frau Gothel. — Não vou deixar! — Ela corre para a base da torre e some pela porta escondida.

Príncipe Tristan cai de joelhos e tenta cortar a teia com as mãos.

— É impossível rasgá-la! — grita ele.

Tenho uma ideia.

— Jonah... use suas chuteiras!

— Certo! Minhas chuteiras! — Meu irmão começa a chutar a teia e acaba tropeçando.

— Não, Jonah, tire as chuteiras — ordeno. — Faça de conta que a teia é... cabelo.

Meu irmão tira o tênis e o usa contra a teia.

— Não está funcionando! Esses sapatos idiotas não servem para nada. Bem, só para jogar futebol, provavelmente.

Frau sai novamente.

— Ela pode ter trancado o alçapão, mas vou prendê-la na torre. — Ela alcança uma bolsa de couro preta e tira uma barra de lá. Em seguida trava a porta secreta da torre com o objeto.

Estamos encurralados. Estamos *realmente* encurralados. Estou tonta de tanto medo.

Noz-moscada dá mais alguns passos em minha direção. Ele abre a boca...

Rapunzel se inclina na janela.

— Noz-moscada, está cansado? Se lembra como eu costumava cantar para você dormir? *Olá, lua; boa noite, sol. Feche os olhos, pequenino...*

Noz-moscada está bocejando? Acho que sim!

— Está dando certo! — digo suavemente. — Continue com a cantiga de ninar!

Rapunzel prossegue:

— *Amanhã será outro dia. Pra brincar por horas a fio.*

Noz-moscada estica as muitas pernas e se deita de barriga no chão.

— Nada disso, Noz-moscada! Acorde! — grita Frau. — Ainda nem escureceu! Estamos no meio do dia! — Ela tenta andar até ele, mas é bloqueada pela teia.

Rapunzel ainda canta. Seu tom é suave, lento.

— *Descanse a cabeça numa perna. E não coma meus amigos. É o que lhe peço.*

Noz-moscada fecha os olhos. Depois os abre de novo.

De algum modo, Príncipe consegue se livrar da teia grudenta e vai investigar enquanto balança o rabo. O pequeno nariz fareja as assustadoras presas de aranha. Ele solta ganidos e abana o rabo novamente até conseguir se libertar inteiramente e balançar seu bumbum de cachorro de um lado ao outro.

Rapunzel:

— *Pequeno Noz-moscada, você é uma graça, mas também provoca temor. E agora sente um sono avassalador.*

Noz-moscada está roncando. Está oficialmente dormindo.

Estamos salvos! Eba! Rapunzel é nota dez.

Enquanto isso, Jonah ainda está cortando a teia. As chuteiras parecem funcionar.

— Meus tênis estão resolvendo. Só preciso bater com mais força. Aqui, pegue um deles, Picles! — Ele joga a chuteira do pé esquerdo para o príncipe, que está enredado ao lado.

Ao se afastar da teia, Frau gira o rabo de cavalo verde entre os dedos.

— Acha que pode cantar uma canção de ninar e pronto? Mas não acabou ainda não. Talvez eu não seja capaz de voar ou fazer seus dentes caírem, mas deixar animais gigantescos e pessoas azuis não são as únicas coisas que minhas plantas especiais conseguem fazer! — Ela vasculha a própria bolsa e puxa o que parece ser um saco de folhas, então enfia tudo na boca, devorando-as. — Preciso agradecer vocês por terem cortado o cabelo de Rapunzel. Faço experimentos com ervas em meus bichos há anos, mas até hoje nunca tinha pensado em usar o cabelo, o veneno ou os bigodes *deles* nas infusões! Então obrigada! Esperem para ver do que essa salada especial é capaz! Fiquem de olho!

— Isso é nojento! — comenta Jonah com uma careta.
— Nem catchup poderia deixar isso com um gosto bom.

A princípio, Frau começa a tremer. Depois começa a se transformar. As pernas se esticam até virarem assustadoras patas de aranha. Patas de aranha com garras de urso. E seu nariz se estica até se transformar em... um nariz de tamanduá? O nariz de *Comino*! Quero dizer, *Comiho*! Quero dizer... ARGH. Quem se importa? Seja lá como for que se soletra isso, Frau Gothel virou um animal gigante e aterrorizante. Ela ainda tem o rabo de cavalo verde. E está indo direto para cima de Jonah.

— Vou te pegar! — grita o animal híbrido com uma voz humana de dar calafrios. — Vou fazer pedacinhos de você com minhas garras e comê-lo!

— Deixe meu irmão em paz! — berro, desesperada para protegê-lo. Mas não consigo me mexer. Continuo presa à teia de aranha.

Enquanto isso, príncipe Tristan continua martelando a teia com a chuteira.

— Nãooooo! — Ouvimos o grito lá de cima, e vemos que Rapunzel está descendo pela janela. — Estou indo!

— Não pule! — aviso. — É muito alto! Vai se machucar! Mas ela não ouve e salta da janela.

— Êeee! — grita ela, enquanto voa para baixo e cai direto em cima da Frau-Monstro. Ela a derruba, então quica e vai parar nos espinhos próximos da torre, batendo no corpo da bruxa como se fosse um trampolim.

Frau-Monstro urra de dor, mas tenta se reerguer.

Quando príncipe Tristan consegue se libertar, Príncipe — o cachorro — escapa com a ponta da teia na boca. Ele pula em Frau-Monstro e gira ao redor dela repetidas vezes. Até ela ficar toda enroscada.

A feiticeira resmunga, frustrada, tentando se libertar da própria teia.

— Bom trabalho, Príncipe Júnior! — comemora Tristan.

— Rapunzel? — chamo, nervosa, vendo que ela caiu de cara nos espinhos. — Você está bem?

Ela se levanta, devagar. As mãos tremem.

— Eu não consigo... não consigo...

— Não consegue acreditar que pulou do alto da torre? Nem eu! — grita Jonah, finalmente se libertando. — Muito bem!

Ela toca as faces com as mãos.

— Eu não consigo... não consigo...

— Não consegue o quê? — pergunta Tristan. — Está machucada?

— Eu não consigo enxergar — completa ela finalmente. — Não consigo ver você, nem Abby, nem Jonah, nem ninguém. Não consigo ver nada. Perdi minha visão.

Meu estômago é tomado por pavor.

— Não se preocupe — diz Jonah. — Isso aconteceu com o príncipe e...

— *Au, au!*

— ... na história original tudo terminou bem! Ele recuperou a visão. Você vai ficar bem.

Meu coração se aperta no peito.

— Mas, Jonah, é Rapunzel quem tem as lágrimas mágicas. É ela quem cura os olhos do príncipe.

— Bem, talvez se ela chorar, seus olhos se curem sozinhos!

— Eu *estou* chorando! — afirma Rapunzel, enquanto as lágrimas escorrem pelas bochechas. — E ainda não consigo ver nada.

Ah, não. Tudo isso é nossa culpa. Nunca deveríamos ter atravessado o espelho. Nunca deveríamos ter subido pelo cabelo de Rapunzel. Dessa vez *realmente* estragamos tudo.

Capítulo dezesseis

As lágrimas

Príncipe Tristan lança a chuteira para mim e corre até Rapunzel. Ele coloca um dos braços ao redor da garota e a guia para que se sente sob uma árvore.

Assim que consigo me livrar das teias, me junto a eles.

— Eu sinto muito — digo a Rapunzel. — Vamos dar um jeito nisso. Vamos encontrar uma saída.

Ela suspira.

— Não acredito que passei tanto tempo preocupada com meu cabelo. E agora não enxergo! Realmente coloca tudo em outra perspectiva.

— É verdade — concordo.

— Isso não muda o que eu sinto — murmura Tristan. — Rapunzel, eu amo você.

— Você me ama? — repete ela. — Tem certeza disso?

Ele murmura que sim e beija as mãos dela.

Eu me viro para que tenham privacidade. Ei, aonde Jonah foi? Olho ao redor e o vejo na carruagem, remexendo a bolsa de mantimentos. Como ele consegue sentir fome em um momento desses?

Ele encontra o que procurava e volta correndo, descascando uma cebola. E sorrindo. E chorando.

O que será que ele está fazendo?

— Tenho uma ideia — declara ele. Enquanto as lágrimas escorrem por suas bochechas, Meu irmão para bem em frente a Rapunzel. Então uma lágrima cai bem na testa dela e desliza lentamente até o olho. Outra lágrima cai no outro olho dela.

Estou confusa demais para mandar que ele pare.

Em seguida uma coisa louca acontece. Rapunzel pisca. E pisca de novo. Aí ela dá um salto e joga os braços ao redor de Jonah.

— Posso ver! Meus olhos estão curados!

— Minhas lágrimas são mágicas — diz Jonah. — Eu sabia!

Ahn?

— Mas como assim? — penso em voz alta. — Pensei que só as lágrimas de Rapunzel fossem mágicas...

Meu irmão está radiante.

— Provavelmente eram mágicas por conta de todas as ervas que a feiticeira colocava em sua sopa. E como eu comi aquilo tudo no jardim, imaginei que minhas lágrimas pudessem ter magia também.

Ouvimos Frau-Monstro resmungar, mas quase não luta mais para se soltar. Parece estar desistindo.

— Acho que tinham mesmo — comento. — Bem pensado, Jonah! E agora, o que fazemos com Frau Gothel? — questiono.

— A gente devia deixá-la trancada na torre. Seria uma boa vingança — sugere Jonah.

— Temos uma torre especial para pessoas como ela — declara o príncipe Tristan. — Se chama cadeia!

— Pode ao menos fazer com que eu volte para minha forma normal primeiro? — resmunga Frau Gothel. — Tem algumas ervas-antídoto em minha bolsa. — Ela balança a cabeça na direção da bolsa preta, que agora está ao lado de uma árvore. — A erva que eu preciso é roxa e se parece com um girassol.

— Certamente vai ser mais fácil levá-la na forma humana — afirma Tristan.

— Quero algumas ervas-antídoto também! — comenta Jonah. — Mas imagina como seria legal chegar azul na escola?

— Não seria nada legal — aviso, depois corro até a bolsa. Está estufada de tanta coisa, então esvazio o conteúdo no chão. Há sementes amarelas e verdes, e algumas plantas verdes. Vejo uma que se parece com um girassol roxo, mas hesito. — Como vamos saber que ela não está mentindo? E se o girassol roxo a transformar em uma Frau-Monstro ainda mais gigante?

Príncipe chega por trás de mim. Ele cheira as ervas e, quando percebo, está engolindo um monte das sementes amarelas e verdes.

— Ah, não, Príncipe! — grito. — O que você fez? — Fico esperando que algo terrível aconteça. Mas, em vez disso, observo o azul desbotar de seu pelo. Quase instantaneamente ele volta a ser marrom. — Muito bem, Príncipe! — comemoro, aliviada. Ele pode não ser o melhor ouvinte do mundo, mas ainda assim é um cachorro genial.

Além disso, fico bem contente por ele gostar de sementes de abóbora. E de coisas que se parecem com semente de abóbora.

— Valeu, cachorro idiota — resmunga Frau num tom falso. — Pena que não é um de meus bichos. Eu saberia muito bem o que fazer com você.

Príncipe rosna para ela.

Agora que tenho certeza de que as sementes amarelas e verdes são o antídoto, dou um pouco delas para Jonah e um pouco para Frau-Monstro.

Jonah as engole rapidamente, e sua cor normal ressurge. Frau-Monstro faz o mesmo e volta a ser apenas Frau-Pessoa.

O príncipe Tristan ajusta a teia de aranha para que se encaixe na nova forma da feiticeira.

— Vou levá-la para a prisão do castelo.

— Espere — digo, percebendo uma coisa: Jonah e eu ainda temos que encontrar o caminho de volta a Smithville, e, no ultimo conto de fadas no qual estivemos, foi preciso que uma fada criasse nosso portal. Frau Gothel não é uma fada, mas certamente consegue fazer mágica. — Frau Gothel? — chamo. — Pode fazer um portal para voltarmos para casa?

144

Ela bufa.

— Espera mesmo que eu os ajude? Depois de tudo que fizeram para arruinar minha vida?

Remexo a terra com meu sapato, evitando seu olhar.

— Isso é um não?

— Acho que deveria reconsiderar — intromete-se o príncipe Tristan num tom bem sério. — Posso considerar lhe conceder uma pena mais leve se você cooperar.

— Posso levar um de meus animais comigo para a cadeia? — pede ela.

— Qual deles? — quer saber o príncipe.

Ela sorri.

— Noz-moscada?

— A aranha gigante? Não. Quem sabe um pequeno pássaro ou um cachorro.

Nosso Príncipe se esconde atrás de minha perna.

Príncipe Tristan coça a orelha do cão.

— Não esse cachorro. Ajude-os a voltar para casa e podemos escolher alguma.

Frau balança seu rabo de cavalo minguado de um lado para o outro.

— O que exatamente você procura?

— Algo brilhante? — explico. — Normalmente batemos no portal algumas vezes, e o objeto nos leva para casa. Já usamos um caldeirão de bruxa uma vez.

Ela passa a língua nos lábios.

— Hum. Minhas ervas são mágicas, não eu. Vocês deveriam voltar a meu jardim e bater na terra. Tem muita magia por lá.

O jardim! Onde a história de Rapunzel começou!

O príncipe levanta Frau Gothel e a coloca sobre seu cavalo.

— Você pode usar o cavalo dela — diz ele a nós. — E deixá-lo na casa dela — completa ele. — Mas antes que vá... Rapunzel?

— Sim? — responde ela, esperançosa.

— Eu realmente amo você. Não foi apenas algo que eu disse para fazer com que se sentisse melhor. Venha comigo. Levaremos Frau Gothel para a cadeia e, depois disso, podemos ficar juntos. Podemos nos casar. Você pode ir viver no palácio comigo.

Ela hesita.

— Mas...

— Pode me ajudar com as joias. Faremos isso juntos! Trabalharemos e viveremos no palácio!

Rapunzel olha para trás, na direção da torre, e de volta para o príncipe.

— Não.

O rosto de Tristan desaba.

— Não, você não me ama? É porque sou baixinho? Não quer se casar comigo?

Ela balança a cabeça rapidamente, negando.

— Ah, não. Eu amo você. E acho que tem a altura ideal. Acho que é fofo e adorável e valente. Quis dizer que não, não quero viver escondida em seu castelo. Estou cansada de ficar presa. Quero sair e explorar! Quero encontrar meus pais! Você percorreria o mundo comigo para encontrá-los?

146

O príncipe sorri e puxa Rapunzel para um abraço.

— É claro. Pode ser uma viagem de lua de mel e de busca!

— Mas... e suas obrigações como príncipe? — pergunto, pensando na mãe gente boa que encontramos na fila e seu bebê. — Não precisa ficar aqui para distribuir as joias entre o povo? E Grumpen? Não deveria se casar com ela? Não deveria se tornar rei?

O príncipe fica sério.

— Hoje percebi uma coisa. Não quero ser rei. Ser rei é muito parecido com ficar preso em uma torre. Meu irmão pode se casar com Grumpen. Meu irmão pode ser o rei Tristan, o Sexto! Bem, ele não pode ser rei Tristan, pois seu nome é Bartolomeu. Mas pode ser o rei Bartolomeu, o *Primeiro*. Quero viajar pelo mundo com Rapunzel e ajudá-la a encontrar seus pais. E ainda posso distribuir joias enquanto viajo. Mas talvez, em vez de simplesmente as dar, eu possa ensinar as pessoas a minerar. Ainda há muitas safiras e esmeraldas nas montanhas.

— Isso seria incrível — diz Rapunzel. — Podemos ensinar as pessoas a plantar também! Aprendi muito enquanto vivia com Frau Gothel. Vamos ensiná-las a cultivar a própria comida! Comida não mágica, de preferência. — Ela hesita. — Há apenas mais uma coisa, entretanto...

— O quê? Qualquer coisa por você, meu amor.

— Abby me disse que algumas pessoas fazem shows. Cantam. Eu fiquei me perguntando se você não gostaria de fazer algo assim. Eu poderia cantar minhas músicas, e você poderia tocar flauta. Podemos fazer música para pessoas do reino inteiro. Não seria maravilhoso? O que acha?

— Amei essa ideia — afirma o príncipe com uma risada. — Vamos começar uma banda. Partimos hoje à noite.

— Mas primeiro precisam devolver a carruagem que pegamos emprestada da moça gente boa com o bebê. Ela nos ajudou muito — digo, me intrometendo.

— É claro — afirma o príncipe. — Daremos a ela pedras preciosas suficientes para que sua filhinha vá para a faculdade!

— Vocês têm faculdade por aqui? — pergunto.

— Claro — diz Tristan. — Faculdade é o nome de um resort nas montanhas à beira do lago.

Ah.

— Então, qual vai ser o nome da banda de vocês? — pergunta Jonah a Rapunzel.

O príncipe sorri.

— Que tal Picles e Rapunzel?

Todos concordamos que é um ótimo nome.

Rapunzel me envolve em um abraço.

— Muito obrigada por tudo. Estou tão feliz por ter deixado você entrar na torre.

— Eu também — digo a ela.

Ela fixa o olhar no meu.

— Se não fosse por você, eu nunca saberia a verdade.

— Que verdade?

Ela se endireita, ficando ereta.

— Que não sou apenas meu cabelo.

148

Abraço Rapunzel de volta com força. Ela pode não ter percebido, mas também me ensinou algo.

— Boa sorte — digo a ela.

Jonah e eu nos despedimos conforme Tristan e Rapunzel sobem na carruagem preta e branca. Eles partem, com o cavalo do príncipe obedientemente carregando Frau Gothel atrás.

Jonah e eu seguimos com Manjericão até a Travessa Soletrando. Jonah está sentado atrás de mim e mantém os braços (felizmente não mais azuis) ao redor de minha cintura enquanto Príncipe corre ao lado.

Quando chegamos à casa de Frau Gothel, descemos do cavalo e seguimos até o jardim pelo portão azul.

— Tem certeza de que não devemos levar algumas amostras? — pergunta Jonah, enquanto olha para todas as frutas e ervas em volta.

— Nada de amostras — digo com firmeza.

Ele dá um sorriso bobo.

— E Cominho? Quer levá-lo para a escola para um concurso de soletrar junto com uma apresentação dele para a turma?

— Hahaha. Definitivamente, não. De qualquer forma, não vamos levar mais nenhum bicho para casa conosco. Você quer bater?

— Claro — afirma Jonah ao ficar de joelhos. Ele bate no chão uma vez. Duas. Três vezes. O chão começa a girar. Nossa. É como um vórtice lamacento.

149

— Lá vamos nós — digo.

Príncipe se afasta.

Ah, não.

— De novo não — comenta Jonah, mordendo o lábio.

— Vamos lá, Príncipe!

Príncipe rosna e dá mais um passo para trás.

Não, não, NÃO.

— Príncipe. Nós vamos para casa. E você vem com a gente. Fim de papo. — Abro os braços. — Venha. Aqui.

Ele hesita. Em seguida, balança o rabo, late e pula diretamente em meus braços.

— Bom garoto — comemoro, enquanto ele lambe meu rosto.

Jonah se levanta e segura minha mão. Juntos, nós três descemos e atravessamos o portal.

Capítulo dezessete

Oi de novo

Aterrissamos no chão do porão. Ainda estou com Príncipe nos braços.

— Vocês estão quase prontos — diz uma voz feminina suavemente.

Quê? Olho ao redor.

— Quem disse isso? — pergunto.

— Foi Maryrose! — grita Jonah.

— Sério? — retruco.

— Sério!

— Mas estamos quase prontos para quê? — questiono, me virando para olhar o espelho. — O que isso quer dizer?

Ouço passos acima. Muitos passos. Passos de meus pais.

— Porcaria — digo, assustada.

— *Au, au, au!* — Príncipe late.

— Quanto tempo estivemos fora? — pergunta Jonah.

— Não sei! Troquei meu relógio. E se tivermos sumido por dias?

— Eles podem ter achado que fugimos! Ou que fomos sequestrados!

Corremos escada acima e encontramos nossos pais na cozinha.

Está muito escuro lá fora. O relógio do micro-ondas marca 00:35. Calma. Quer dizer que só estivemos fora por 35 minutos? Será possível? Talvez o relógio não estivesse quebrado no fim das contas?

Por que meus pais estão acordados?

Minha mãe está no telefone. Seu queixo cai quando nos vê.

— Eles estão aqui! Estão aqui! — grita ela ao telefone.

Meu pai corre e nos envolve num abraço apertado.

— Onde vocês estavam? — berra minha mãe. — Está de madrugada! Liguei para a polícia!

Polícia? Ela fica de costas para nós.

— Delegado... acabei de encontrá-los. Me desculpe pelo incômodo... Ah, eles vão ter muito o que explicar, sim.

Ela desliga o telefone assim que papai termina de nos abraçar. Mamãe nos abraça também, mas seu rosto está perturbado.

— Onde vocês *estavam*? — demanda ela. — Procuramos por toda a parte!

— Estávamos no porão — murmuro.

Minha mãe estreita os olhos.

— Olhamos no porão. Vocês não estavam lá.

— Por que diabos estavam no porão à meia-noite? — pergunta meu pai. — E por que suas roupas estão cheias de lama?

— Nós estávamos... — Olho para Jonah à procura de ajuda.

— Brincando de pique-esconde! — conclui ele. — Está bem sujo atrás dos móveis.

— Estavam brincando de pique-esconde à meia-noite? — questiona minha mãe.

— Por que vocês estão acordados? — Quer saber Jonah, o que não é a pergunta mais adequada ao momento.

— Ouvimos Príncipe latir — diz meu pai. — Pensei que estivesse preso lá embaixo, então fui dar uma olhada. Mas ele não estava lá. Então fui procurar por vocês em seus quartos, e vocês também não estavam... — A voz dele falha. — Achamos que tinha acontecido alguma coisa.

— Ficamos apavorados — completa mamãe com o lábio inferior trêmulo.

— Sinto muito — digo, realmente me sentindo culpada. Posso só imaginar como meus pais ficaram assustados. Não posso acreditar que fui a responsável por isso. Nunca mais quero que eles se sintam assim.

Isso quer dizer que nunca mais vou poder atravessar o espelho? Hummm. Não. Da próxima vez, apenas serei mais cautelosa.

— Vocês dois estão muito encrencados — declara meu pai, sério.

Jonah pega Príncipe e enterra o rosto no pelo do cachorro.

— Vocês não vão levar ele embora, vão?

— Não — responde meu pai. — Ele faz parte da família agora. Mas talvez fiquem sem televisão. Ou brincadeiras. Ou escaladas...

— Vamos pensar em alguma coisa — afirma minha mãe. — Mas *certamente* chega de pique-esconde no meio da noite. E nada de ir ao porão no meio da noite. Prometem?

Meu coração afunda. Dou uma olhada na direção de Jonah. Ele está esperando para ver o que eu vou dizer.

Não tenho escolha. Não posso deixar meus pais tão preocupados. Tenho que fazer a promessa.

— Prometo — digo, me sentindo triste no mesmo instante.

Adeus, Maryrose.

Adeus, contos de fadas.

Jonah segue minha deixa.

— Prometo também — diz ele suavemente.

— Agora voltem para suas camas imediatamente — ordena meu pai.

— Desculpe, mãe — peço, olhando para o chão. — Desculpe, pai.

— É — reafirma Jonah. — Não queríamos ter deixado vocês preocupados.

— Conversaremos mais pela manhã — diz meu pai. — Agora, cama.

— Está sentindo cheiro de cebola? — Ouço minha mãe perguntar para meu pai enquanto eu e Jonah nos retiramos, com Príncipe logo atrás.

Eu me sinto péssima ao me despedir de Jonah e Príncipe e entrar em meu quarto. Olho para minha caixinha de joias. Ainda temos tantos contos de fadas para visitar. *Aladim, A Bela e a Fera, A rainha da neve* e até mesmo *João e Maria...*

Ah! Olhe lá! Estou vendo Rapunzel! A *nova* Rapunzel. Seu cabelo está comprido de novo. Não tão comprido quanto costumava ser, mas abaixo do ombro. Ela parece estar de pé em um palco com a boca aberta. Como se estivesse cantando! E, ao fundo, vejo mais três pessoas. Uma delas com certeza é o príncipe Tristan. Mas quem são as outras duas? É uma mulher e um homem. Ambos parecem um pouco mais velhos que meus pais. A mulher toca bateria e nela está escrito PICLES, RAPUNZEL E PAIS. Ah! São os pais de Rapunzel! Ela deve ter encontrado os dois! E agora estão todos juntos numa banda!

Observo Rapunzel. Ela sorri enquanto canta. E parece feliz. Mesmo com o penteado novo. Ela achava que o cabelo *compriiiiido* a tornava única. Que o cabelo fazia com que fosse especial.

Mas ela é muito mais que isso. E talvez esteja até melhor sem aquele cabelo. Ela não precisou sofrer por anos e, ainda assim, ficou com seu príncipe. Além disso, ainda encontrou seus pais *e* virou cantora. Então, quem sabe, às vezes aquilo que você acha que precisa — a coisa que achamos que nos faz especial — não é tão importante assim.

Como ser a campeã do concurso de soletrar.

Alcanço minha mochila e tiro de lá o certificado que a Sra. Masserman me deu. Está escrito ESTE CERTIFICADO COMPROVA QUE ABBY PARTICIPOU DO CONCURSO DE SOLETRAR. Pensando em Rapunzel, penduro o papel em meu quadro de lembretes.

Ainda quero ser a campeã de soletrar da turma. E talvez ano que vem, ou no ano seguinte, eu seja. Ou talvez não seja.

Mas tudo bem. Porque sou mais que uma garota que foi a nona colocada no concurso de soletrar. Sou uma irmã mais velha. Sou uma boa amiga. Sou uma futura juíza.

Sou uma participante de um concurso de soletrar.

Olho de volta para a caixinha de joias. Também sou uma apaixonada por contos de fadas. E uma viajante no mundo dos contos de fadas.

Pelo menos — fui uma viajante. Não vou mais ser.

Suspiro enquanto visto meu pijama. Não consigo deixar de pensar: será que foi melhor para Rapunzel ter nos encontrado? Será que foi melhor para mim ter atravessado o espelho?

Vejo a imagem de Rapunzel e sua nova banda. E depois volto o olhar para meu certificado.

Provavelmente. E sim. Definitivamente, sim.

Mas, se foi melhor para nós duas, então como vou deixar de atravessar o espelho? Não posso. Não devo. Balanço a cabeça. *Preciso* parar. Prometi que pararia.

Mas não quero parar.

Apago as luzes, deito na cama e puxo as cobertas até o queixo.

E se eu contasse a meus pais o segredo do espelho? Será que acreditariam? Será que tentariam se livrar do espelho para que não pudéssemos mais atravessá-lo? Ou será que iriam querer ir conosco?

Tantas perguntas.

Olho mais uma vez na direção de minha caixinha de joias antes de fechar os olhos.

Tantas possibilidades.

Agradecimentos

Agradeço...

Ao pessoal do mercado editorial: Laura Dail, Tamar Rydzinski, Deb Shapiro, Brian Lipson, Aimee Friedman, Abby McAden, David Levithan, Becky Amsel, Tracy van Straaten, Jennifer Ung, Bess Braswell, Whitney Steller, Sue Flynn, Rachael Hicks, Lizette Serrano, Emily Sharpe, Emily Heddleson, Becky Shapiro, Candace Greene e AnnMarie Anderson.

Aos amigos, escritores e outros: Emily Jenkins (obrigada, obrigada, obrigada pelas anotações maravilhosas), Courtney Sheinmel, Anne Heltzel, Lauren Myracle, Emily Bender, Tori, Carly e Carol Adams, Targia Alphonse, Jess Braun, Lauren Kisilevsky, Bonnie Altro, Corinne e Michael Bilerman, Jess Rothenberg, Jen E. Smith, Robin Wasserman, Adele Griffin, Milan Popelka, Leslie Margolis, Maryrose Wood, Tara Altebrando, Sara Zarr, Ally Carter, Jennifer Barnes, Alan Gratz, Penny Fransblow, Maggie Marr, Farrin Jacobs e Peter Glassman.

À família: Aviva, Papai, Louisa, Robert, Gary, Lori, Sloane, Isaac, Vickie, John, Gary, Darren, Ryan, Jack, Jen, Teri, Briana, Michael, David, Patsy, Murray, Maggie e Jenny. Um agradecimento especial a minha mãe, Elissa Ambrose, por toda a sua ajuda editorial ultrarrápida!

Um muito obrigada ainda maior e ainda mais amor a meu marido, Todd, e nossas filhas, Annabelle e Chloe. Amo vocês três TANTO TANTO TANTO.

Aos leitores: Vocês são os melhores!

E finalmente: desejo a vocês uma vida inteira de dias desembaraçados.

Este livro foi composto na tipologia ITC Berkeley
Oldstyle Std Medium, em corpo 11,5/16, e impresso
em papel off-white no Sistema Cameron da
Divisão Gráfica da Distribuidora Record.